想念的味道

世界上，總是有永遠的思念，
而那思念的味道，可口甜美。

過去很遠，也很近。
想念的味道在心裡纏繞，
久久不能散去。

櫻花雪

推薦序
櫻花茗香

　　這世間的人們總是帶著笑容相遇、交會、互動，然而，真心交往的有多少？短暫邂逅所激盪的火花又能燃燒多久？

　　櫻花雪的文字總給人一種溫柔的形象，那溫柔無法假裝，而是來自一顆真摯熱切的心。因為真誠、因為主動付出，櫻花雪能讓眾人卸下心房；不論原本是陌生的、冷漠的、帶有防衛心態的朋友，最後都在櫻花飄散的文字大樹下品茗聞香。

　　她用入世的筆法勾勒出人世間情感互動的實相，當花開綻放之際，眾人坐臥枝枒花瓣間，閱讀的滋味既朦朧又美好，彷若品嚐一杯茶香，茶水在溫暖的字句氣泡間翻騰，香氣飄逸四散，讓讀者久久不忘，那令人想念的味道。

東璟。【悠悠春光】個人新聞台台長
http://mypaper.pchome.com.tw/news/tjlin

$\mathcal{C}$ontents

愛情你我他

戀愛調色盤

日常隨筆

生活答錄機

心情記事

看著窗外，
望著遠方，
將我的心事，
隨風送給你。

你的心停留在很久以前的那一年

城市裡每天有好多劇情上演，
愛情故事裡總是聽到誰離開誰，
難道沒什麼人值得留戀？

你是否開始對我視而不見？

回想第一次你叫我寶貝，
以為你會渴望很深的倆人的依偎與相戀，
而不是有意想傷害誰或是只要片刻的慰藉。

你說起那個傷了你的那個誰，在以前的某一年，
每次經過與她去過的地方，從前的情景常一一浮現在你面前。

你說你不喜歡那種心痛的感覺，
卻不知不覺想起她美麗的臉和她傷害你的畫面。
然後你開始追逐著不同的人在不同的每一夜，
尋找短暫的發洩但滿身傷痕卻無法遮掩。

曾經以為你會是我很真的一場愛戀，
可是你的心卻停留在很久以前的那一年，不肯出現……

2003/4/21　9:39am
櫻花雪

情愛一場

天總是會光　夜總是會亮

我們感情　是否比天長
交會的心　是否會一樣

你是最愛玩最花心的星座排行
而我總學不會輕易把感情放

沒後悔太早上了你的床
卻擔心你只是遊戲一場

你有你的地方　我有我的天堂
你跟我　是否走在同樣的方向

我以為愛一直會發亮
不相信你沒把我放心上

如果你想自由飛翔
我會學著勇敢堅強　忍著淚早點將你放

太陽閃著光芒　風兒到處飄揚

我將輕輕吟唱　回憶是永難忘
我們的情愛一場　與美麗的浮雲相像

2003/04/25　11:05am
櫻花雪

It's time to say goodbye

It's time to say goodbye,
there's no reason to ask why,
you know we gonna end like that.

We are not each other's type,
shall we wave and say goodbye?
It's better for you and I.

You and I are just like day and night,
we are not in the same parallel line.

Baby please open your eyes,
do not play hie spy.
Stop saying you are mind,
I feel like I'm just your sex-dessert-pie.

Your phone is always on the busy line,
I cannot reach you every Friday night.
Maybe you were with other babe dancing all the night,
why don't we stop and give each other free time?

You are not my Mr. Right,
and I am not your perfect bride.
We are so different as black and white.

Baby let me say it one more time,

It' time to say goodbye.

Single is fine,

I'll fly to my own sky.

Everything is gonna be all right.

2003/5/3 1:21pm

櫻花雪

Clean－乾淨－歸零

清晨早起
初始的空氣很清新
很像淡淡的戀情那樣令人心悸
然後
大口呼吸

開始打理
那有點凌亂的思緒
因為有點想你而變得不能自己
於是
重新整理

想要沐浴
使用香香的入浴劑
把自己洗的舒舒服服乾乾淨淨
心情
變得透明

打掃家裡
清掉已過期的書籍
也順便重新省視我們的關係
釐清
我倆距離

C－L－E－A－N
呼吸新鮮空氣
整理凌亂情緒
洗淨污穢心情
釐清彼此關係

乾。乾。淨。淨

關於你我的距離
關於彼此的關係
一切都變得窗明几淨

把你留在過去
然後
全部歸零

2003/05/05 11:48am
櫻花雪

祝妳幸福

聽說妳開始吃素
我沒料到
妳竟會那樣篤定的執迷不悟

為了他　默默的守候
究竟是哪門子的愛情賭住
妳說那是為了愛的守護
我只能嘆一聲　希望妳懂得自我保護

朋友們都說你傻得秀斗短路
喜歡上一個人總是什麼都不顧
妳說要聽他親口說只有分手一途
才會放手而不再頻頻回顧
不然　妳會守著承諾
選擇跟著他　走一輩子的路

雖然傷心　雖然會有點怨他對妳不體貼照顧
甚至　在他心裡排行可能都是倒數
妳說　對於自己的選擇沒有後悔一步

也許　這就是妳要走的路
明知千山萬水很辛苦
明知所有的苦都得往心裡吐
明知他不會心疼妳的眼淚　甚至不懂妳的痛楚
只要　他叫妳等　妳一定會等下去直到沒有退路

知道妳是個勇敢的小迷糊
是要退出　還是繼續做愛的奴僕
眼前的路只有妳自己最清楚
只能默默祝妳到達愛情國度
在妳身邊給妳深切的關注
祝妳早日找到真正的幸福

2003/05/06　4:26pm
櫻花雪

天使心

你說我像天使　其實有時候我只是個偏執狂
你說來自地獄煉堂　內心卻像個清純少年郎

人性本來就有分地獄與天堂
你走進天堂　也有可能會發狂

誰說有情人就能分享
倆人是否就可以情長

我哽咽　你心慌
月光光　淚汪汪

未知的情緒就先放一邊晾
裝堅強　別受影響

季節風微涼　我的心發燙
暫時失意　不想過往的傷

窗外小露陽光
準備好戲上場
心情高亢
神采飛揚
天使心為你閃亮

2003/06/16　12:33pm
櫻花雪

〔星期一無意義胡亂隨筆。〕

那麼遠又那麼近

我以為
只能將愛慕藏在心裡
沒想到
你卻主動向我走近

你擲起我的手
帶我走入迷幻的愛的漩渦裡

似風如你　忽遠又忽近
忐忑的心　怕捉不住你
自由的你　撲朔又迷離

你牽起我的手　又放下我的手

一瞬間
我怔怔的從夢中驚醒
我的眼角留下淚滴
我的心是那麼恐懼

你向我靠近
卻又有點距離

輕盈如你
在我心留下愛的烙印

一切是那麼遠又那麼近
我把你放進心底
再也回不了過去

2003/6/19 6:52am
櫻花雪

夏天來了

夏至到了　農作物熟了
天氣熱了　懶的動了

夏天來了　陽光出現了
愛情來了　要戀愛了

夏至到了　鳳凰花開了
驪歌響起　邁向新旅程了

夏天來了　她們相遇了
接近彼此　兩顆心相愛了

來了來了　夏天上場了
愛情到了　心情不一樣了

2003/06/23　11:42am
櫻花雪

〔夏天有陽光之美隨想。〕

無力

〔一〕

在愛情海裡
我手無縛雞之力
再猜測你的思維
我想我就要滅頂

〔二〕

我是水　你是風
風與水
是否可以相容彼此的屬性

〔三〕

你個性獨立且善於分析
我有強烈而複雜的情緒

〔四〕

我靠近 你嫌黏膩
難道要我停止前進
我沒有退路可去

〔五〕

別將心事隱藏
別壓抑過往的傷
我不怕季節裡有晴有雨有暴風天氣
顯現你內心　讓我接近你
別讓我有心無力

2003/07/01　10:58am
櫻花雪

〔炙熱的夏季　沒有熱情烈愛　莫名的中傷　彼此的不懂
乏善可陳的生活　一切彷彿令人無力的隨想〕

心裡的鬼魅

〔一〕

你帶著惡魔角來
我以天使心歡迎

也許我是個未成熟的天使
卻遇上你這個複雜的精靈

〔二〕

是你太愛自由所以感受不到我的內心
還是我心中的惡魔已經爬出我的性靈

那些名叫妒忌不安惶恐猜疑的惡魔們
正一步步的啃蝕著我的心

〔三〕

你的佔有慾只有28%
可是我卻是百分之92

累了倦了厭了睏了
我們的愛情是否就如此而已

〔四〕

或許我是個自作多情的天使
而你正在一旁笑弄我的無知

是你激起我心中的惡魔
還是我根本不該接近你

2003/07/09 4:46pm
櫻花雪

〔修道未果有感。〕

我以為

我以為
只要把你放在最深處的心裡
就可以不再流淚
可是
從閱讀文字看到類似的情景
卻又讓我跌回和你相遇的那一時期

我以為
只要不跟其他人提起你
就可以將你留在過去
可是
在網路上搜尋著你的名字
才發現自己一直忘不了你的身影

我以為
只要隨著時間一步一步過日子
就可以讓一切雲淡風輕
可是
當午夜夢迴驚醒時
眼角的淚滴竟藏不住對你的思念

我以為
你會是我最美的一場愛戀
可是
你卻給了我最澀的苦戀

2003/07/22　3:08pm
櫻花雪

觸碰不到的靈魂

〔一〕

你說你難以接近
所以用淡漠和距離來保護自己
你有顆不肯妥協的心
用包裝的糖衣
來隱藏你空洞的內心

〔二〕

彷彿聽見你孤獨的嘆息

〔三〕

你說看不見自己
猶如永遠一樣遙遠的　天際
不管白天還是黑夜　都一樣孤寂

〔四〕

看似親切　卻又保持疏離
是你　一貫的　像是隨時遊走的心

〔五〕

不安的眼睛
吐露著不由自主的憂傷訊息
你連笑起來似乎都不是那麼愜意

〔六〕

走不出困惑的安靜
你的個性有時出奇的強硬
無法分離卻也　無法逃避

〔七〕

你以為這就是宿命
包裹著你那充滿傷痕的心靈

2003/08/11　6:12pm
櫻花雪

〔你看見你的靈魂嗎？你多久沒跟它說話？〕

迷路對話

〔一〕

在城市裡自由　來去
患得患失　卻突然浮上心頭
是慌是亂是不安　還是都有

然而矛盾　充滿迷惘的心中
轉眼間　在平衡與取捨間遊走

〔二〕

現實中的冷漠無情　跟內心多愁善感成　對比
是片刻寧靜　還是沉默不語
心靈的交流點綴　永恆的交替
浪跡天涯與情感糾葛
不該只是柏木　的棲息

〔三〕

你迷失自己想暫時　休憩
心落下　淚不停
疑惑　緊跟著自己
是靈魂　過客還是蕩然無疑
在浮世繪裡參透　一切點滴

〔四〕

每個人也許都裹著糖衣
但究竟誰可以看清自己

你問著自己　卻分不清東西
是不是　你　搞丟了自己的心？

2003/08/14 5:59pm
櫻花雪

〔最近似乎很多人迷了路？你，走對了嗎？〕

無題愁感

每當人們問起笑顏
每當人們說起天邊
心　靜靜的看見
眼　慢慢的滴淚

也許鏡花水月下
只是一層薄薄的脆弱傷悲

一張臉閃過一張臉
永遠　看不見
真心　很遙遠

多愁善感未停歇
笑容在嘴邊打了結

2003/8/16 11:15am
櫻花雪

迷？謎？

亂了
慌了
這一切　是不是真的

快了
茫了
這一切　是不是我的

想了
要了
這一切　是不是快了

醉了
迷了
這一切　是否開始了

2003/08/25　7:17pm
櫻花雪

靜。默想。

講話的　語氣
驟變—
忽。冷。忽。熱。

〔怎麼了？〕

早晨陰鬱的天空
道出有心事的感覺
變冷的空氣
與體內的燥熱　成了對比

天空　下著雨

情緒流向雨水
雨水流向寂寞
寂寞流向黑暗
黑暗流向不安
不安流向哪裡？

噓~
〔別出聲。〕

沒事。
就讓情緒
靜靜的　〔想〕

然後
悄悄的
一切　都會
變　的　安　靜

2003/11/28　1:07pm
櫻花雪

〔 Nothing. 〕

失心人

你哭著來敲我的門，跟我訴說你的心上人。
那個今天還吻著你的唇的人，說你是有病的人；
那個幾個小時前還跟你纏綿的人，問你有沒有看過心理醫生；
那個自稱是你的親密愛人，在你需要他的時候，給你一身的冰冷。

你問我，是不是你是個有病的人？
只是半夜想起他的體溫，卻換來滿臉淚痕。

其實我們都是帶著心病的人，需要不同的人在不同的時辰。

有些人給你深吻，有些人給你解悶。
有些人你可以對他敞開心門，有些人你什麼都不能問。

聽你說完所有的苦悶，你冰冷的手漸漸有了微溫。
你帶著微笑離開我這，我繼續我睡眠的旅程。

寒冷的夜裡我一個人，無法入眠又開始翻身。
突然覺得感受不到自己的心跳聲，不確定自己是否還有餘溫。
這才發現，我找不到心裡的那扇門……

2003/12/14 11:27am
櫻花雪

寄居蟹女孩

她是個寄居蟹女孩
她羨慕別人沒有負擔　她卻背著沉重的外殼徘徊

她是個寄居蟹女孩
她仍只是個小孩　她渴望有溫暖的關懷

她是個寄居蟹女孩
眼淚對她來說是家常便飯　獨行對她來說已是常態

她想學螃蟹一樣橫行往來
可是她沒有了保護的殼會很不安

她想像魚一樣在水中自由自在
可是她學不會在水裡隨遇而安

她想跟鳥一樣在空中輕舞飛揚
可是她沒有翅膀可以漫天飛翔

她是個寄居蟹女孩
她像個隱士般遊走四海　她只渴望有一世紀的疼愛

2004/01/27　4:39pm
櫻花雪

〔你也像寄居蟹一樣嗎？〕

淺藍色氣息

淺藍色的
淚滴
代替粉色的呼吸。

五味雜陳的心，
散落一地。

破碎，
使不上力。

微笑，
失去心意。

青蘋混著淚滴，香蜜參著憂鬱。

只剩
冷冷的
氣息。

2004/04/13 5:44pm

櫻花雪

如果……

如果我們的語言是愛情
那我會不會多了解你

似乎不會
因為愛情本身難以理解
而且它是一道沒有解答的習題

如果我們的語言是LOMO
那我會不會多了解你

可能不會
因為我不懂攝影
加上LOMO本身就是一種隨興

如果我們的語言是威士忌
那我會不會多了解你

還是不會
因為酒就是醉人的淚滴
我還沒瞭解你 就先倒地

如果我們的語言是金錢遊戲
那我會不會多了解你

當然不會
因為那一點都不理性
而且我只能陷入窘境的輸不起

如果我們的語言不是相依……
那我們會不會有交集

2004/5/7　8:45am
櫻花雪

〔哪來那麼多的如果……一切都只是不確定性。〕

愛情你我他

或許愛情都會留下痕跡⋯

那個男孩

～StoneCold～

妳說起他，眼睛閃著盈盈光芒。
雖然已是4、5年前的過往，那仍是妳談過最棒的戀愛。

他是妳第一個因網路認識的男友，而且還是同一所大學的。
第一次見面，妳對他印象就很好。
濃眉大眼配上一身的帥氣，還有著很好看的笑容。
他在城裡有對女朋友很好的好風評，而妳也是以太愛男友付
出太多而聞名。
朋友都說，你們很相配，會是很幸福的一對。

他喜歡黏膩的感情，但這也是他什麼都要控制妳的原因。
一絲絲的風吹草動，都會令他不安。
別人或許無法接受佔有慾太強的男人，但是妳卻甘之如飴。

那個曾經很愛妳的男孩，帶給妳在大學最後一年的歡愉。

「如果你們有機會復合，妳還會跟他一起嗎？」朋友問。
妳搖了搖頭，嘆了一口氣，已經太遙遠了。
但，他曾經是那樣的疼妳，妳不會忘記。
以前妳還會覺得他有點孩子氣，直到現在工作了，妳才驚覺
他是妳交過最棒的男友。

他變化多端的表情及想像力豐富的個性常讓妳心情很好。

對於情感，他是那樣的霸道執著卻又細心溫柔。

妳給他絕對的自由，而他喜歡和妳共享一切的生活。

他多才多藝，能歌能舞。會疼妳照顧妳又沒有大男人主義。

他愛運動，還會下廚。一切大小事都難不倒他。

他陪妳笑、陪妳跳，城裡處處都有你們的歡笑。

妳最常做的事就是乖乖坐一旁看他表演等他喊妳。

現在想起他對妳的佔有慾和控制慾，妳突然就都明白了。

倆人相愛不是神話，而且他很疼妳，他對妳實在是好。

那種兩人之間才有的甜蜜及黏膩感，跟他一起是怎樣也不會厭倦的。

「可是，那已經是不可能的事了。」妳說，眼裡吐出悠悠的哀傷。

他大妳一歲半，一雙眼睛常閃著慧點，臉上表情千變萬化。

「Babe有沒有乖乖ㄚ？」「Babe要想我喔！」妳在他心裡，是他最寶貝的寶貝。

每天，你們都要見上一面，電話最少都打3次。

即使每天見面，晚上回去他還會寫少一封信給妳。

他常帶妳遊山玩水。倆個人常一起玩耍而不覺無聊。

和他在一起，日子總是很熱鬧。

如果說，妳有最喜歡的顏色，最信任的朋友；那麼，他就是妳最對味的情人。

妳是很宿命的。總覺得和他是上輩子就認識的了。

「我想前世一定是我的小孩,所以我們才那麼親。」「妳才是小孩子呢!」妳和他常笑鬧著。
妳知道,是再也不可能,和一個人這樣的親近了。

要畢業的那一年,妳本來決定要繼續去日本唸書的。
妳拉著他陪妳去辦一些學校需要的相關手續。
一如往常,妳沒有想到太多。只是開心的和他相處。

直到另一個女子的出現,她的主動,搖擺了妳與他之間原有的平衡點。
她逼他決定,他掙扎,妳無語。
當他哭著說「妳為什麼忍心把我一個人留下自己去日本?!妳都沒有想到我!」
妳才發覺,當時妳真的就只顧決定去日本而沒問過他一點心情與狀況。

終究妳還是離開他了。
雖然,那是很美的一段回憶。
學生時代的愛情,總是比較單純快樂的吧?!

曾經,那個很疼愛妳的男孩,和妳談過一場很棒的戀愛……

2003/04/02 3:32pm
櫻花雪

愛情傻瓜

~Taki~

「我好煩喔！不知道該怎麼辦？」她拉扯著她的麻花辮，哭喪著臉。

她是我的小學好友，正在為情煩惱。

她和她在日本的男友交往兩年多了，現在男友畢業了，要回台灣工作。

他是她交往最久的一任，也是她用情最深最放不下的的一個。

「我知道自己被利用，可是又甘心被利用。很傻吧！」她大大的嘆了一口氣，然後繼續深情的看著她與男友的合照。

看著皮膚白皙的她，我想起她以前瘦瘦弱弱的樣子。

以前我們在班上的位置就在前後座，她坐在我後面，我們家也住在附近。

她和她家人都很有日本人的味道，我最喜歡去她家玩耍。我們是好朋友，倆人也常常生病請假沒上課。

小學時一起談論喜歡那個男生。沒想到長大後互相傾吐情感脆弱。認識十七年了，大家在心境上和生活上都有很大轉變。

記得她以前是安安靜靜的，我想現在認識她的朋友不會有人說她很安靜了吧。

「唉～我真怕我這種只會奉獻的女生會對台灣男生來說沒魅力……我之前就被台灣來的男生騙！」她撫著臉，像在說別

人的故事一樣說著自己的故事。

「其實現在這個也是……我知道自己是在被利用，可是又甘心被利用……很傻吧？！因為愛上就脫不了身，所以……」

「雖然你總有不安感，我相信他對你還是有一定的感情的。」我安慰著她。

「可是他跟台灣的女朋友好像還藕斷絲連耶！」

「畢竟都兩年了，再說在國外相處的感情和台灣的那段應該是不一樣的，所以你不要想太多。」

到底愛情是怎麼一回事？你愛他他愛她她愛他，是不是較愛的那一方總是容易受傷？

愛情說到底，說的難聽一點，就是互相利用吧！不知在哪裡聽過這樣的說法。

「你說你被騙被利用，是怎麼一回事呢？」我問她，腦海裡浮起之前也有朋友告誡我在日本的台灣男生很會騙人的事。

在異國求學生活，本來就不是一件容易的事，渴望身邊有人照顧陪伴，是奢望也是一種幸福。

「你問我是被騙什麼？？錢？語言能力？環境？我的答案是都有！還包括人際關係……他利用了我很多的人際關係……」她轉著她的大眼睛，幽幽的說著。

「真的？！」我有點不敢相信，雖然我知道當你陷入愛情時，很多事都不是你所能控制的。「你媽知道嗎？」我問。

「一開始是不知道，後來真的金錢週轉不零，一無所有，連男人也跑了……我只好跟我媽求助……」

天啊！這個傻女孩，怎麼為愛付出到這種地步！

「我爸是不知道，不然鐵定殺了我！」她吐了吐舌頭，像個做錯事的小孩。

「不過我媽從此對我不相信，覺得怎麼自己的女兒會變這麼笨。我從來日本之後建立的聰明有能力又乖的女兒形象就毀於一旦……唉～」

唉～我也跟著嘆起氣來。「呵！不要這樣嘛～」我安慰著她，其實自己也好不了多少！

這年頭好像不從男人身上撈點油水喀點油的女生，都好像笨蛋一樣。真是奇怪的社會！

「是啊！很多女生真的就是這樣耶！出門都給男生出錢！這種事我真的做不到說，就算是朋友我也不好意思這樣給人家出的說。」

她搖了搖頭，「不知是不是我們都太厚道了？！我也跟你一樣，看到適合的東西我都會買給自己喜歡的人，甚至連內衣內褲有不錯的都會想幫他買。可是喔，人家就不見得會想到我……」

我能說什麼呢？因為一但愛上，我也是和她一樣的傻。

有時我也會安慰自己，可能是上輩子欠他們，所以趕快還一還就好。

這一世，就不要再欠情債了。要欠，也是別人欠我們。你說是吧？！

「好想嫁有錢人當少奶奶喔……」她又在嚷嚷著。「難道天生小老婆命嗎？小老婆還受人疼，我看我是地下小情人的命，

真是爸媽的賠錢貨。我朋友說我都不愛自己太愛別人才會這樣。」

看著她紅著雙眼，我不禁感嘆，雖然我也常落淚，但是愛情是可遇不可求。
我也不確定是否我們就真能遇上一個真命天子，只能說說安慰的話。總得往好地方想想，不然每天跟行屍走肉一樣。
有同事說，好女人一定會遇到好男人的。雖然不是很確定，不過這年頭好像愛上對方就是會被人家可憐吧？
唉～說歸說，我還是不希望她有悲觀的想法。「看開一點，看遠一點。春天，就在不遠處！」

「是我太愛他了，可是我知道他不愛我。」她有點哀怨。「管它！等回台灣之後再過新的生活吧！現在就讓我繼續沉淪下去吧……」

愛情總是令人難懂，而承諾也是很遙遠。我們的年紀已經不是夢想轟轟烈烈的感情了，即使再愛，也得考慮到很多層面。
但是我還是相信，總有一天，會有一個人我們很愛他也很疼我們的。對吧？！

2003/04/09 3:32pm
櫻花雪

春情

～Verna～

四月了，空氣裡瀰漫著春天的味道，他想起當初看見她的時候剛好是初春的時候……

她的眼神攝出誘人的光芒，她明白，他又將是個為她瘋狂的男子了。

她不算是大美女，但是她的眼睛很迷人，看到她的人都為之著迷。

男人看到她神魂顛倒，女人看到她也會心跳。

她知道她有這種魔力，她從小就知道了。

他看到她，心裡有一種小小的震撼。無法形容那種感覺，只知道，他像被定住了一樣。

他不是沒見過漂亮女生，看到她心卻拼命的跳，腳也不自主的搖。

她的樣子看起來很年輕，但是動人的明眸散發出慵懶女人味道，不是很大的眼睛卻有一股銳利。

在台北到處都是充滿年輕女孩的東區咖啡店裡，她的存在，卻令人不能忽視。

「可以給我一根煙嗎？」她走到他身旁，貼在他耳邊小聲的說。

「抱歉，我不抽煙。」他皺起了眉頭，有點失望。他最討厭

女生抽煙了。

「你不抽煙？！真的嗎？」她像小孩子一樣興奮的提高了嗓門。

「嗯。」他點點頭。

他聞到她身上的香味，淡淡的嬰兒乳香的味道，不知不覺將身子靠近她一點。

「你喜歡我嗎？」她凝視著他。

「啊？」他一征，差點被剛吞入喉的Irish Cream嗆到。他睜睜的望著她，露出不解的神情。

「我說，你喜歡我嗎？」她索性拉了一張椅子在他身邊坐下，「其實我是不抽煙的，是因為想要跟你搭訕，才藉故跟你要煙的。」

她俏皮的笑開了，他卻有點不好意思，「你那麼漂亮，大家都會喜歡！」

她聽到，笑的更燦爛了，他也跟著笑了起來。在那一刻，他覺得春天特別的美好。

然後他們就莫名其妙的在一起了。

他從來不知道他的佔有慾會那麼強。應該說，在認識她之後，她不知不覺就佔領他的腦海。

走在路上，她總是輕易的引人注意，很多男人讚嘆著她，而他，卻很厭惡那些不懷好意的眼神。

第一次和她發生關係的夜晚，他們都喝了點小酒。她說微醺

的感覺很美好。

她有著佼好的身軀，細緻的臉龐，白淨的膚質，柔軟的胸脯，還有很好看的臀型。

夜晚抱著她的身體，他跟她說他不喜歡其他人看她的眼光。

「你是我的！」他抓著她說。

「你弄痛我了！她叫嚷著把他推開。

在進入她身體之後，他光想到其他男人在她身上的貪婪眼睛，竟不知不覺越來越用力。

「你幹嘛那麼小氣，你應該覺得很光榮才是啊！」她撒著嬌，他感到有點抱歉，也不好再說什麼了。

而且他喜歡她撒嬌的樣子。

他想起當時她介紹自己的名字，「我是春天的美女！」

看他滿臉疑惑，她又說「Verna！我的英文名字，意思是春天的美女。」

他聽完會心一笑，嗯，她像春天的維納斯一樣。

戀愛總是甜蜜的，他搬進她的住處，享受倆人同居生活。

一開始都很開心，一起吃飯一起洗澡，每晚享受彼此的溫存擁抱。

她雖然有點任性，但他都退讓，因為他真的很愛她，無法想像沒有她在的時候。

也許，美麗的女子總是善變的。她身邊總是花花草草，一堆慕名的男子擋都擋不掉。

「說你是我的！」他不喜歡她和別人出去，他喜歡和她膩在一起。

「我的心和人都是你的了嘛！」她總是安撫著他，然後在床上求饒。

小倆口吵吵鬧鬧也有情趣，但不久就出了問題。

先是她說要去打工，她工作的地方不是那麼單純。他雖不喜歡，卻又不想掃她的興。然後她回家的時間越來越晚，他常常一個人等到凌晨。

他們開始會吵架，也會冷戰。接著常常看到她拿著手機說著悄悄話，一聽就感覺不是很單純的朋友打來的。

終於在一次大吵後她奪門離去，那晚她第一次沒回來過夜。

當夜他在她的日記裡發現她不只他一個人。

他腦中一片空白，沒想到她竟然背叛他。

隔天下午她回來，在他的指責下，她沒說一句話的默認。

她問他是不是要分手，他沒說話，不過一屋子的冷漠沉重的令人難受。

她說對方並不知道她有男友，她也正考慮是否要結束這段脫軌的戀情。

後來她的第二個情人也識破她不只和他一人交往，三人一起約到外面談判。

對方比他們都年長，也比他有錢。對方看見他楞了一下，可能沒想到他這麼年輕吧。

就在三方的會談下，她的第二個情人顯然無法接受她竟然腳踏兩條船還騙他騙了那麼久，一氣之下站起來給她一巴掌。

就在對方出手的同時，他也一言不發的將第三者推開，然後往她臉上打下去。

她被他打倒在地，他又踹了她幾腳。

那是他第一次也是唯一一次對女孩子動粗。他沒料到他的理性已經掩飾不了他的憤怒。

他是那麼愛她，而她卻傷害了他。

她沒哭，只留下一滴眼淚，然後說：「最愛的人不會在一起。」

後來他們是怎麼結束他已經忘了，只是偶爾回想起心裡還是有點痛。

他陸續有交過幾個女孩，戀情有長有短，可是感覺都不一樣了。

他的心，可能留在那一年的春天了吧！他想。

她現在在哪裡他不知道，也不需要知道了。聽說她要結婚了。

走在春息洋溢的天氣裡，他知道這將是他另一個春天的開始……

2003/4/11 6:08pm

櫻花雪

恢復單身的落寞

～Wei～

窗外的天空是深赭的寶藍，但是他的心卻是憂鬱的灰藍。

愛情的過程是可以決定結果的嗎？
如果是，那他們之間也很穩定，怎麼多年的感情說走就走？

地上散落幾罐空的啤酒罐，桌上已見底的紅酒空瓶也不少，
誰說喝酒可以澆愁？他的思緒還是一團糟。
交往6年多的她說要分手，對他的生活和情緒造成不小的衝
擊。

心情很複雜，看到一些景物，腦袋裡都會有一些舊影像。
最近他開著車在路上兜著，想起她曾經坐在車的前座；這台
小車，也載著倆個人跑遍了台灣大大小小的城市。
如今，只剩他一個人了……

「我想我們還是分開比較好。」他想起她那天說的話。
6年多的感情，分手竟然只用了半小時而已。這算什麼？愛情
到底算什麼？他的頭，痛了起來……

在認識她以前，他的日子過的比較隨性，也沒有什麼特定的
人生目標。
「反正有一天就過一天嘛！」他總是這樣想。
他常說「我是B型耶！呵呵～就是那種有一天過一天的血

型！」。

問他有什麼人生目標，他可能會說沒有，「可我有人生態度
喔！呵呵！」

「我生活比較隨性，比較不會每天努力為明天ㄟ！不過不免
俗，也是很想發財啦！」

他是很開朗的一個人，也是標準的處女座，很會碎碎唸。

他很有親和力，在公司裡雖然也是個主管，可是常跟同事們
打打鬧鬧，像個大孩子一樣。

他說他很難做待在辦公室裡的工作，活像個過動兒。整天在
公司是會有點坐不住，「應該大部分男生都不會喜歡整天待
在辦公室吧！」他說。

認識她之後，他變得比較不那麼愛玩，「我是有異性沒人性
那種的耶！」他和她交往的時候是如此的。

曾經……他是把她當作結婚對象的。

「你會娶我嗎？」他記得她在出國前這樣問過他。他早就認
定她了，在和她一起之後，就有計劃倆人的未來。

男人過了30歲，想最多還是錢和事業。他每天工作加班和理
財，就是為了她回國後早點把她娶進門。

女人不是也希望能和一個經濟穩定的男人在一起嗎？傳統的
他總是這樣想。

結果，理了半天好像也沒發什麼財，她就說要走了。

想到這，他頭又痛了起來。摸摸口袋想抽根香煙，才發現他
竟不知不覺把剛買的煙抽完了……

「當你的女朋友應該很幸福。」曾經有人這麼說過。

是嗎？那她認為呢？

他也不知道她到底覺得幸不幸福，不過她老是嫌他對她不夠好，老是說朋友的男友多好多好。

他也不知道別人男友到底多好，是不是女人之間都會比來比去？還是他和她交往太久了？

他搖了搖頭，決定不再去想。

幾個禮拜前，遇到許久沒聯絡的朋友問起他和她的近況，他訕訕的一笑帶過，不知如何回答。

「不自由，毋寧死。」他想起這麼一句話。照理說他恢復單身，應該很快樂，可是他一點都感覺不到自由的愉悅。

愛情的過程是可以決定結果的嗎？

如果是，他想起其實從她回國以後，他跟她的關係就變的怪怪的。

也許，是在她出國的那段期間，他們之間的感情就出了變化吧？

「我失戀了。」他32歲，重回一個人，突然整個人都空空的。

想想自己像個活死人一樣，不就分手嘛，沒什麼大不了的。他安慰著自己。

他看著天空，望著很深很深的夜晚，「可能還需要一段時間恢復一下囉！」他想，然後發現原來月亮也是落寞的……

2003/4/15 7:20pm

櫻花雪

最好的距離

～Rex～

愛情，是有距離的嗎？
我想是有的吧。不然，我和Rex認識這麼多年，愛情怎麼沒在我們身上發揮作用？

我決定放手了。對於Rex……

和她是在BBS上認識的，我們是怎麼開始的，已經有點想不起來了。
她年紀比我大，可是我不在乎。
愛情，應該是不分年齡的吧。

在Rex成熟的外表下，她仍有一顆小女孩的心。
常常忘東忘西的像個小迷糊。
她看起來好像很有主見，可是也因為心腸太軟而聽從推銷員的建議買了一堆後悔的東西。
和她在一起的日子，總是多采多姿。

不記得是不是小王子曾說，「假如一個人喜歡在成千成萬顆星星中，向那朵做榜樣似的唯一一朵花時，他就足夠幸福了。」
那麼，就當作Rex是天空裡的一顆星星吧！看她在星河裡發光閃耀，這樣，我就足夠了。
只要她開心，我便覺得幸福了。

這是我當初在心裡許給她的承諾，希望她永遠開心。

走在車來往返的馬路上，路旁的景物都是那麼熟悉。那些我
和Rex曾經去過的地方，我倆走過的足跡……
現在，我一個人走在街上，Rex的開朗笑聲仍不時的在我腦海
裡想起。
有多少次的夜，我和她促膝長談，天南地北的無所不談。
如果說，最好的情人就是最好的朋友，那麼，我和Rex為什麼
不能成為男女朋友呢？
上禮拜天，我和Rex在路邊一直談到半夜12點，她說她不能把
友情轉變成愛情。

我們的友情，不是很可貴的嗎？
如果我們一起努力，為什麼不能將它昇華成愛情呢？

我們之間，離情人有點距離，可是又比普通朋友還要靠近。
我們之間，就差一顆心而已。
一顆心的距離，到底有多遠？
愛情，看似很近，卻離我好遙遠……

長久以來，我好幾次跟Rex提過在一起的想法，不過她總是說
沒有辦法。
她說她有喜歡的人。

Rex一直有喜歡的人，我知道。
每次那個誰誰誰傷害了她，陪她痛罵對方的人，是我。
每次誰誰誰離開了她，陪她夜夜笙歌的人，是我。

每次她覺得寂寞難耐，哄她開心讓她笑的人，是我。

每次她想要嘻鬧玩耍，跟她上山下海的人，也是我。

我們曾有那麼多的歡樂回憶，我們曾經是那樣的沒有距離，就這些，難道還構不成愛情？

愛情，總是美在那曖昧不明的距離。不知道是誰說過這樣的話。

我不得不承認，但是，真的是這樣的嗎？

也許，是我對愛情了解的還不夠吧。

還是對Rex了解的還不夠？

還是，她對我對她的心意不夠了解？

Rex好像說過她喜歡那種娘娘腔的男人，不是男扮女裝那種，而是心裡很女性那種。

她是個很有自我意識的女生，如果她是男人，應該是很強勢那種吧。

水瓶座的我，看起來沒有霸氣，但是我感情敏感，友善也合群。

這樣也許還不足以彌補她要的另一半吧？

既然抓不到我想要的那一顆星星，那就讓她留在天上，繼續閃耀下去。

星期二，把該給的、該還的東西還給她。

我想，既然不能改變她，也不能感動她，我還是就此作罷。

東西還給她時，她說產權分明也好。

是很分明啊，因為一直都是她的。

只不過，這一年半的使用權在我身上。
我嘆了口氣，難道這樣就是劃下距離？

我不得不說，有她的這段日子，生活多采多姿。
天下真的沒有不散的宴席。
我跟Rex的筵席還沒吃完，可是我被迫離席。

如果，現在的我能選擇，我還是選擇這一刻。讓彼此保有美好的回憶。
或許她不能瞭解我的心情，但我由衷希望她能體諒我的心情。
想想我對她的愛意或許造成她不少困擾，但，以後不會再有了。

我想，相知就是一種美麗；如果有緣份，我們會相遇在另一時辰；也許，在那一時刻，希望那初相遇的時候，我們都會把彼此定位在愛情。

現在，我想對Rex說：「我決定放手不再纏繞著你，這就是目前我愛你最好的距離。」

2003/05/09　6:52pm
櫻花雪

星座情人－Aqaurius

她沒想到他會出現在她面前。
那天中午吃完中飯，發現有人喊她名字，一抬頭竟然是他。

「你公司好難找喔！」他說他找了很久才找到。
「你來幹嘛？」沒想到他竟然跑到公司來找她。

她看著他，想著他要說出什麼話來。
「你那天是不是很生氣？」他問。
「生什麼氣？」她故意裝傻不明白他的話題。

想起星期五那天晚上他說好要打給她，結果等半天也沒有消息。
她打電話給他，也沒人接電話。
隔天下午他打過來，說他去跟人打架。
這是什麼爛理由，她才不管，而且這已經不是他第一次說要打電話給她而沒打了。
「你每次都騙我！以後不要再打來了！」那一天，她就這樣掛了他的電話。

看著他站在她面前，她其實有點訝異也驚喜。
他看著她，眼裡露著笑意。

「你找我有什麼事？」這傢伙，跑來就是要問她有沒有生氣？
「那天我回家又和同學出去，忘記打給你了。」他一副輕鬆的樣子。

她還在考慮要不要理他呢！他竟然就這樣意外的跑來。
她想起他們在一起情況，也是很出乎意外的。

她看著他，不出聲。
「你到底想怎樣？」他總覺得他摸不著她的心。
「什麼想怎樣？你想幹麻？」她沒好氣的。

他們是情人，卻又像普通朋友；說是沒什麼交集，卻又有點
親密。

「我來找你你有什麼感覺？」
「有點驚訝，我沒想到你會來。」
她早已習慣他的不按牌理出牌，可是又覺得兩人之間少了什
麼一點。

他們之前也曾吵了一架，因為他討厭制式化的交往模式。
可是，她總是找不到他。「我都不知道你在幹麻！你到底去
了哪！？」
「那你想怎樣？想要控制我嗎？」他說他不喜歡沒有心靈自
由。

「我有打給你，可是你沒開手機。本來是要來找你吃中飯
的。」
他拉了她的手，她才想到他還沒吃中飯。
她把手抽回，「你趕快回去吃飯吧！你翹班喔？」
「那你呢？」他好像還不想回去的樣子。

「我要上班了ㄚ！」都已經過了她的午休時間了。

「那親一個。」他把她往身邊攬。這時候的他，又像頑皮的小孩。

「不要啦！大家都在看。」於是先把他打發回去。

想著那天她問他到底喜歡她什麼，他說，「我不知道要怎麼說，總之，就是很喜歡你。你是我要的那種感覺。」

她嘆了一口氣，總是憑感覺行事，有時可以製造驚喜，但有時卻又很不切實際。

晚上回家後，她的心，還在掙扎著。

手機螢幕上的藍色冷光一閃一閃著，是他打來的。

到底要怎樣？

雖然意亂情迷，但不能被愛沖昏而忘了冷靜⋯⋯

接？還是不接？

「暫時杜絕滿檔，自在，才是真我的方式。」她想。

她很有個性的按下手機上的結束鍵，今晚，就先到此為止吧。

2003/05/28　4:42pm

櫻花雪

星座情人－Aries

昨天好友打電話給她的時候，她正和他在他的租賃處吃著他
煮的愛心火鍋。
想想自從跟他在一起之後，就比較少跟同學們出去哈拉了。
嗯，找個時間辦個同學聚餐吧！她想。

「親愛的，你在想什麼？」他不知什麼時候鑽到她身後。
「喔！沒有啦。只是想說很久沒和美美去逛街了。」
「要把我一個人留在家喔？！」他的眼睛渴望著。
「女人逛街有什麼好跟的？」她怕他一個人跟著無聊。
「幫你提袋子、幫你付錢，還有陪你Ｙ！」他是那種一但被
他盯上，會馬上行動的男生。

真是的，當初看上他的工作能力，覺得他應該很有挑戰性，
因為她也是喜歡競爭的人。
沒想到倆人在一起後，他除了喜歡運動之外，其實不太往外
跑，而且還喜歡跟她窩在家裡。

她總覺得這些日子他們太黏了。常做戶外運動，還有……床
上運動……
這幾個月來跟他在一起的感覺太美好，可是，這也使她失去
和外界有接觸的機會。

正想著入神，電話響了，是認識很久的網友打來的。
她瞟了他一眼，跟網友約好下禮拜吃飯。

「要跟誰去約會Ｙ？」他的口氣有點酸溜溜的。

「就是上次跟你說的那個網友小林嘛！」知道他不會真的限制她的行動，她才赴約。

雖然有小小罪惡感。她不喜歡別人太管她，她自己有分寸。

不過，要是野起來誰也根本無法控制，只有她自己才知道要去哪。

「那你就好好玩吧。」他其實也不是那麼專制。

晚飯後他們去附近公園散步。

那個公園，當初她分別跟不同的男人來過。

同樣的地點，不同的心情。

唉～愛情總讓人看不清……

她看著他，細想著這些日子來的點點滴滴。

說實在，他是個很好的對象，只是有時神經大條了點。

他工作時全力以赴，外型也可以，有車又出手大方，在床上……還，挺不賴的。

她自己並不完美，對於他這樣一個好男人，應該不要隨便放過吧！

「親愛的，來給我抱一下！」他又在撒嬌了。

「什麼事 Y ？」她笑咪咪的走向他。嗯，要開始對他更好一點，然後要他徹底的更愛她。

2003/05/30　4:13pm
櫻花雪

星座情人－Taurus

「打了幾通電話給妳都沒接,然後都十多點了妳也沒回我電話。都找不到妳,讓我的心好亂!」他發了個簡訊給她,雖然不知道她會不會回call⋯⋯

那天在機場看見她的第一眼,他就對她印象深刻了。
在機上跟她聊了幾個小時後,他更覺得她是個獨立且性情溫和的女孩。
比起前女友的愛鬧脾氣及哭哭啼啼,她的乖巧端莊才是打動他的心的重點。

可是,怎麼才認識沒多久她就變了?
「我真的想不通為什麼她突然間會有這個轉變呢?」儘管他抓破了頭,跺了千百萬次的腳步,他還是想不通。
嘆了口氣,他覺得心裡又煩又亂。

平常她說她要上班很累,所以他不敢煩她。
好不容易等到週末,打了幾次電話給她,她卻一副冷淡的口氣。
「不是約了禮拜天出去逛嗎?結果是讓我空等了一天⋯⋯」
他不懂為什麼她會這樣。
「我不想出去。」她根本不太想理他。

他是個溫柔仁慈的人,而且生活背景還蠻單純的,跟其他花心的男生相比,他其實是很可靠的。
雖然說她是個實際的女子,照理說跟他應該是可以的。
可是,她要的更多,她要的那種男人是要可以引導出她的浪

漫氣質的。

但是他並沒有。她想，重點是在他們之間的交談吧？！無法投其所好⋯⋯

跟他說過彼此當朋友就好了，可是他好像聽不懂。難道是她說的不夠明白嗎？

結果，他還是一再的打電話來甚至寫信。甚至她不接他的電話，他照傳簡訊或留言。

「你到底怎麼了？想要打電話給妳又怕妳說煩，就只有等囉～」是他。

「等到晚上十點半就不能再等了，打了一通電話給妳，結果又是轉接語音信箱⋯⋯」又是他。

「給我個完整的理由，可以嗎？」還是他。

雖然他有試過把她從腦海裡徹底的移除，但就是不能。

他真的不明白，他們不是好好的，為什麼突然間會有那麼大的變化呢？

一旦他要決定一件事，是很難去改變的。

而她，也有她的固執。她喜歡按照自己的步調，而且不喜歡別人催促她。

既然他聽不懂他們之間是不可能的事，她也不想再多說什麼了。

他有一天一定會放棄的吧。她想。

2003/06/05　5:20pm

櫻花雪

在對與錯之間

人們不是常說，要遇到對的人，一段感情才會美麗。可是，
你怎麼知道誰是對誰是錯？
在愛情是非題裡，如果沒有親身經歷，旁人是很難回答出一
個所以然來的吧？

「為什麼？」他在電話另一頭黯然著，「你們大家都不喜歡
她？」
「你到底喜歡她什麼？她對你那麼差，真搞不懂你怕她什
麼！？」我在無聊的空檔，接到學長打來的無聊電話。

「可是一開始她有喜歡我啊！？」他百思不解，明明就是牽
著手的兩個人，可是他竟然摸不著她的心，而他以為那
屬於美麗的她，竟是如此輕蔑他所謂的真心。

「一開始有喜歡就是真喜歡嗎？也許那只是引誘你上勾的一
種手段吧！」我沒好氣的說。
「你怎麼可以這樣說她！？你有沒有喜歡過別人啊！？」學
長的聲音好像快哭出來似的。

我一征，我當然知道學長的心情……
人都是脆弱的嗎？愛情是脆弱的吧？明明知道不可行，明明
知道對方欺騙著你，你還是願意試願意相信，這是盲目
還是太依賴愛情？或著，只是自己製造出來掩飾太平的一種
假像？

「你很愛一個人，就分不清對與錯了嗎？」我覺得學長在感情上太單純了。我在愛情裡吃虧失敗過，當然懂的比他多，再說，我的愛情也比學長來的早熟。

「我那麼喜歡她，全心全意的只有她，怎麼會有錯？要錯也是她身邊那些蒼蠅蜜蜂的錯！」學長激動的說，「而且，也不能說她有錯……」他還小心翼翼的維護著她。Oh！Man！

「好吧！那你說說說看，她跟隔壁系上的那個誰在那邊傳曖昧……」我試著想提醒學長一些事情。
「那……只是那個男的自己一廂情願吧……」學長悶悶的說，「而且她已經寫信跟他說叫他不要纏著她了。」
「那是她跟你說的片面之詞吧？」我不耐煩了起來，「哪有男友一不在就馬上找墊檔的。」
「你幹麻那樣說她？她不是那樣的人。」學長可憐兮兮的講著。

談戀愛是這樣的嗎？為什麼要跟孤寂和沉淪在寂寞裡交替著？喜歡一個人，當然願意為對方付出一切，可是誰願意被愚弄嘲笑著？一顆心被懸著的感覺，是很難受的……

「好！那她跟老師的事呢？你又怎麼說？」我實在不想說出這樣的事……
「……」這次換學長愣住了。

會讓學長不說話的原因，是因為那個女的跟我們系上老師有一

腿。當然,這只是少數人才知道的事,不然事情就大條了。

有人傳說那女的是因為感情豐富,無法一次只喜歡一個人,所以才在男人身邊亂放電發騷媚。有人說她跟老師是為了學分,而有人說老師只是貪戀她的年輕肉體。喔,我忘了說,老師是年過三十五的已婚男子,還育有一子。說穿了,她是老師的婚外情,而老師大她十來歲。〔你問我怎麼知道這些事?因為我曾經是她的室友。〕

話說在前一陣子女生生日時,老早就想好為她準備浪漫慶生的學長一直找不到她。打她手機都沒有回應,於是學長跟我要了她家裡電話。結果,她騙學長她在家中處理事情,可是學長在她的宿舍房門口發現一雙不屬於他的男鞋。
他在門外打了一晚的電話,並聽見她的手機在門內響了一個晚上。他敲了很久的門,她都沒有來應門,而門口的那雙鞋,似乎在笑弄著他的愚蠢。學長認出了,那是老師上個月新買的皮鞋……

「學長……你……還在嗎?」我怕我這條導火線點得太過了。
「嗯。」學長的聲音似乎怪怪的。
「對不起啦!我知道你很喜歡她,我不該這樣說她……」雖然覺得學長很沒用,可是還是很心疼他的。
「……哇……」學長突然哭了起來,「她沒有錯,要就只能說我自己太愛她了……」學長帶著鼻音哽咽的講著。

在愛情裡,其實沒有所謂真正的對與錯。我想學長在情愛上

還像個孩子，他會慢慢長大的。等他長大後，也許他就懂了
……

你遇上對的人了嗎？還是你正愛著一個錯的人？我想，每個
人都曾在對與錯之間徘徊。
愛情是非題，還是得自己選自己經歷，你說對吧？

2003/09/02　9:55am
櫻花雪

愛情的面貌

每個人都有自己的容貌，那是天生的與生俱來的，除非你去做了整形手術。

容器也有它的形狀，皮球也有分它的大小，還有顏色也是諸多面……

那愛情呢？是不是本身也該有它的面目？還是，我們給予了它的本質，而成為我們想要的模樣？

我在公司吃著老闆的客人送的蛋黃酥時，收到A捎來的e-mail。

「我好苦悶喔。」他的訊息上如是說著。

「怎麼啦？」很久沒見到A了，當然也很關心他的事情。

「沒……沒什麼，只是覺得很寂寞而已……」他在信上幽幽的寫著。

寂寞？這似乎是城市人的通病。

每天每人汲汲營營的過著上班下班的日子，總是讓自己很忙碌，也總是讓自己的心很空洞。

趁老闆去開會的空檔，撥了通電話給A。

「嘿～你還好吧？」

「好什麼！？不就是這樣？」A的聲音聽起來懶洋洋的。

「沒跟朋友出去玩？你應該認識不少人吧！？」我說這句話的同時，心裡想著曾經也有人這麼問過我……

「哪有～～那你呢？」

「我就老樣子ㄚ。」我在想A一定有什麼想跟我說。

「跟你說一件事吧！……其實……我之前剛結束了一段戀情……」賓果！A說出他心裡想說的事了。

「真的！？什麼時候的事？」我無精打采的眼神又亮了起來，「快說來聽聽！」

原來A經由客戶的介紹，認識了一個女生。女生跟他交往沒多久，就說要跟他分手。

「你們交往很久嗎？」我問。

「也沒有……大概2個月吧！？」

「時間不久……應該不會放太深吧？」

「可是我很喜歡她耶！」A大聲的說。「而且，我已經很久沒對一個人動心了……」

對一個人動心，要花多久的時間呢？

「那她是怎樣的一個女生？」我想知道，是誰可以讓A在沒交女友4年以後第一次這麼難以忘懷。

「……跟我很契合……那種她一笑我就跟著笑……」A似乎還是念念不忘她的好。

「她是你要的那種嗎？」我很懷疑，既然那麼契合，怎麼一下子就把A甩了？

我從16歲時就認識A了，十幾年的感情，他說我是他的紅粉知己，而他是我的青杉之交。以A的條件，外表不差、工作能力很好、有車又大方、人際關係圓滑，又能寫一手好文章。

這樣的男生，不是沒女生倒追。只是，聽他說著感情上的不順遂，我是要說他挑呢？還是說他看上不好的人？

「一開始是啊……」

「什麼？」是就是，不是就不是，搞什麼鬼？我皺起了眉頭，心裡這樣想著。

「……其實……她跟他以前男友糾纏不清……」A感覺在說著別人的故事一樣。

「你是說她腳踏兩條船！？」

「也不完全是啦！」他還為她辯解，「她說她放不下以前的男友。」

「這樣你也可以！？」戀愛中的人都是笨蛋嗎？「你不是說你喜歡乖的？」

「是啊！我以為她是嘛！」A可憐兮兮的說，「本來我們還差一點論及婚嫁耶！」

「你說什麼！？結婚？」我不敢相信我的耳朵。「才2個月耶！你會不會太誇張！」

「是她說要結的……可是竟然隔天就完全變了樣……」

「她在玩你的吧？」我的口氣不是很好，「搞不好她是因為要氣前男友才這樣跟你說的吧！」

「唉～不知道……其實……還有更誇張的……」

「什麼事？」我一下午的心情已經被破壞掉了。

「跟她在一起2個月，你知道我花了多少嗎？」A停頓了一下，「才2個月，我在她身上花了70萬……」

「什麼！？你在他身上花了70萬！？」這不是一筆小數目，對於我來說。「你是怎樣！？你錢多喔！」

我實在越聽越氣，他隨隨便便一出手給那個女人的錢，可是

要花上我一年多的薪水。

「我也不想這樣ㄚ……」
「我很想踹你耶！」身邊的男生朋友都花大錢在壞女人身上，
而弟弟總笑我都交一些窮小子男友。
「你踹吧！我需要被人打醒。」A還一副說風涼話的樣子。

「以前你說喜歡有主見的女生，後來又說喜歡小女人，那現
在，看看你喜歡上什麼樣的人！」
「人嘛！總會有一次這樣的傻事吧！」A失魂落魄的說。
「誰叫你要交那種女生！不知是看上她什麼！」
「你知道嗎？不是沒人喜歡我，可是我就是沒感覺。但是在
她身上，讓我恢復勇猛的雄性爆發力耶！」

「呆子！」原來，說穿了還是視覺動物。
「哎喲～別這樣嘛！就當我是買次經驗囉。」A苦笑著說。

掛上電話後，我嘆了一口氣，其實很想問問A，他是否還記得
高中時描繪的愛情的面貌？
雖然青春已久遠，那清純的感覺，卻依舊清晰……

關於一切，我們不能說什麼都沒有改變；只是，是愛情的模
樣在我們想法裡變了？還是，我們的心變了？
你呢？還記得你想要的愛情的樣子嗎？

2003/09/10　6:55pm
櫻花雪

賭一場愛戀

愛過的人都知道，感情是一場豪賭。即使你是個職業賭徒，
在情場上，你也不見得會是百分之百的贏家。

早上我還帶著睡眼惺忪，一邊吃著三明治配著巧克力牛奶，
一邊整理堆積已久的電子郵件。
看著幾封來自小愛的信件，我那乾澀的眼睛，不知不覺的濛
起一片霧氣……

小愛的信裡滿是對情人放不下心的感觸。小愛的情人對她一
向予取予求，即使情人對她不冷不熱，她還是溫柔相待。

「我必須裝作看不見或不在意，繼續笑著鬧著……心隱隱作
痛著……」小愛說著她跟情人一同出遊時的心情。情人在旅
途中殘忍的對待小愛，卻又嘻嘻哈哈的跟別的女人笑鬧。

看著這樣的小愛，我彷彿看見高中時期的自己。「別理他了，
好嗎？」

「我愛了，卻得不到回應。是我不好？還是他眼裡的我不夠
好？」傻傻的小愛用傻傻的方式，以為無怨無悔的真情就能
換到情人的真心。

「當你愛上一個人而沒有回應，絕對不是你不好。知道嗎？」

我安慰著她，「可能是因為磁場不對、那個人不對，或是時間不對。可是不要因為這樣就對自己失望……」我能說的似乎只有這樣？

「我珍惜一切包括我們所有的的情誼跟回憶，但卻依舊不明白他為什麼要這樣折磨我！？」小愛的淚在信的另一端湧了出來。「對我殘忍些，我還能恨他。但他有時迴避，有時溫柔笑著，我能如何？」

「戀上一個人，你我都很認真，可是，你要看你認真在誰身上，在什麼樣的人身上。」我說。「雖然愛情是如人飲水冷暖自知，但看著你這樣傻傻的為他付出一切，然後傻傻的流淚，我們都看得很心疼。」

愛情，真的是這樣的嗎？喜歡一個人，就註定被心傷？
畢竟，愛情是雙向的。單方付出的心力，是會被磨疲憊，很傷精神的……

「其實，他也沒這麼壞啦。」小愛還急於為他辯護，「他自己有時還像個孩子一樣。」
「像小孩又怎樣？他對你又不好，你是要耗到什麼時候？」
「我……還放不下嘛！」
「放你的頭！那他有把你把在心裡嗎？」我沒好氣的說。
「……」小愛沒出聲。我知道她一旦陷入感情泥沼，就會難以掙脫。越陷越深。

想要找到擁有彼此，能互相依靠的肩膀很難嗎？

「跟你說喔……我想你一定會氣死……」小愛支支吾吾的說，
「他……問我下個月可不可以調些錢給他。」
「什麼東西啊！？他還把你當提款機！？」我覺得腦中鬧哄哄的，以前我傻過，現在看到朋友這樣，實在看不下去。

「對他，我還做著違心之舉。我只是希望他一切都好，不想大家弄得那麼僵。」
「你夠了喔！還掛念著他幹麻！？」

既然愛已剩如此，那還叫愛嗎？

「我也想抗拒，可是一接近到他，卻又心神迷惑意亂情迷。」小愛又是笑又是淚的。
「看你嘴巴說的！光是說要離開，可是你的心呢？離的開嗎？」我嘟噥著，也心疼著。

「也許說多了想久了，有一天會突然覺得不在乎他了，連他的臉都不記得了……會有這麼一天嗎？」小愛呢喃著。

「你清醒一點好不好！？」真是令人生氣的執迷。
「我不想搞雜所有的關係嘛～」小愛說。

愛情就是這麼回事吧！？當局者迷旁觀者清。
每個人都可以是個賭徒。但前提是，你要是個會操盤的高手。

我想問小愛，「你是很好的賭徒嗎？不是吧？你很愛賭嗎？

也不是吧？可是你現在在做什麼你知道嗎？你正在浪費你的時間跟金錢在一場你看不見輸贏的賭局上！你再耗下去，你會輸得很慘。如果現在馬上收手，只是沒有贏，至少還不會慘敗。」

「我有在整理我的心情了……」小愛對我說，「不想在看到他的時候心情不好。」

希望小愛在醒覺之前，心已經有所領悟，別再走向不歸路。

愛情是一場賭注。你下的注有多大？你對愛情的勝算又有多少？

2003/09/15 2:19pm
櫻花雪

卻上心頭

初秋的晨，空氣中帶有幾分涼意；路上稀少的人，也顯得幾分凋零。

小天使歪著頭，心想，為什麼人們臉上總是寫著寂寞？
是心煩意亂？還是意亂情迷？
剪不斷，理還亂的世間情楚、人間相思，單純無知的小天使應該是不明瞭的吧！

燈火通明的辦公大樓，一個大眼女孩正嘟著嘴巴，她的眼睛腫腫的，似乎有哭過的感覺。

「昨天，他竟然跟我說他交了新女友！」大眼女孩對她的朋友小嘴女生說。
「怎麼會？」
「他是故意要氣我的嗎？」大眼女孩神色有點黯然。「我有看到對方的照片，感覺蠻可愛的。」
「那就別理他ㄚ！我以為你已經要淡忘了……」小嘴女生安慰著她。
大眼女孩嘆著氣，心裡有好多的問題。
「是不是該跟他說清楚你跟他之間的關係？」小嘴女生對大眼女孩說。
「說了有什麼用？問了又有什麼用？」大眼女孩幽幽著說。

小天使側著頭，不解的看著人間女孩，何必呢？

為什麼要苦惱於逝去的東西呢？

值得嗎？

說放不下，還是只是眷戀著那個喜歡著對方的自己呢？

「我覺得自己掉在過去的感情裡，好痛苦……」大眼女孩掉下了珍貴的淚滴。

小天使偷偷的將淚滴接住，牠默許著小小心願，希望大眼女孩斬斷糾葛，抬起頭用她明亮的雙眼，看見美麗的前景。

屋子裡的電腦前，一個帥帥男生正對著一張照片傻傻的笑。

他的臉上盡是幸福感覺。

小天使跟近一看，是個長的白白淨淨的氣質美女。

任誰都看得出來，帥帥男生喜歡美美女生。美美女生也知道，只是她現在還沒能給他答案。

帥帥男生不乏有愛慕者，可是他心裡只有美美女生。

即使距離很遠，時間很長，帥帥男生還是希望有天能感動美美女生。

「你想她嗎？」有人問他。

「當然會想！」帥帥男生的心裡只有美美女生一個人。

「你寂寞嗎？」

「當然很寂寞！」帥帥男生只能偶爾從照片上、信件裡或是電話中，得到美美女生的消息。「想見她，更理所當然！」

小天使征著眼，感嘆於世間人類對情感的依賴與堅持。

「雖然一直說不介意，但是知道最可能的結果，也是不免有點落寞。」帥帥男生並沒有百分百的把握會完全得到美美女生的芳心。

小天使吹了一口氣，默默將祝福散播在空氣裡，希望帥帥男生的努力會有開花結果的一天。

秋天的傍晚，微風徐徐；忙碌的大街上，走動著寂寞男女的心。

小天使托著臉頰，試圖想著那些人們口中的情情愛愛是怎麼一回事？
是像棉花糖般的甜味嗎？巧克力的濃愁？蜜餞一樣的酸度？
因為情人而來的急促呼吸，參雜著遙想的慾望與思念的感覺。
無法肯定的情愛糾葛，迷亂著人們的心情。

是該收？該放？還是靜眼看待？一步一步對抗？
未曾明瞭人世紛擾的小天使，遐想著戀愛中的情景……
城市裡的燈光投射在小天使的臉上，似乎，有種莫名的思緒，
也悄悄的爬上牠的心頭……

2003/11/12 5:20pm
櫻花雪

晶晶的想望

最近不知道為什麼,我的腦子常不自主的想起室友梅兒,還有她身上像嬰兒般的味道。

「ㄟ!你摸摸看,我的頭髮有很粗嗎?」我們坐在床上聊著天,梅兒將身體靠近我,我幾乎都可以聽到她心跳的聲音。
「小剛說我的頭髮像稻草一樣。」
「不會啊!我覺得還蠻細的耶。」我撫摸著梅兒的頭髮,感覺喉嚨乾枯了起來。

「喂～」梅兒軟綿綿的聲音傳了過來,「為什麼你不喜歡王醫生,還有那個在金融界很會交際的陳副理呢?」

上禮拜被撞見王醫生開Lexus載我回家之後,又接到陳副理打電話來,梅兒才發現,原來我身邊也有護花使者。可是我卻從不給他們好臉色。
家裡也常念著我,都老大不小了,還不找一個人嫁了。

我想我要怎麼說他們也不會明白,我是不會喜歡那些男人的。
我怎麼可能喜歡上他們……

常常,我抽著煙,耳朵聽著梅兒訴說她跟她情人的心事,可是我的眼睛卻在她的身上游走。
我最喜歡她笑起來的時候,喜歡她露出來的一排貝齒,好乾淨、好潔白。
我多麼渴望被她咬上一口,在我的肩膀上或是臀部留下一個

小巧的齒痕。
喜歡上梅兒，常讓我幻想著跟她……

不要說我妄想，難道你從來不會幻想你跟你喜歡或暗戀的人，
在某個時段某個場景做著你想要的某個片段嗎？

想到梅兒，有時會讓我覺得我的血液突然間就全部往下半身
流。

梅兒可愛美麗，但她似乎永遠都愛上不對的人，永遠搞不清
楚她要的是什麼。
前天她才跟我說那個小她一歲的港仔是個渾蛋，今天下午就
被我撞見他們親密的走在一起。

如果可以，我真想跟她說，她可以得到我對她呵護照顧的溫
柔幸福。

可惜，我愛的人都不喜歡我，因為他們都是愛男人的女人……

「我說晶晶ㄚ！你怎麼不趕快去找一個男人！？」梅兒的聲
音將我拉回現實。

我沒有回答她。我躺在床上，發著呆，希望我的戀情也像我
的名字一樣，閃著亮晶晶的光芒。

2004/5/5 10:09am
櫻花雪

〔純屬虛構。愛情是一種想望，不分男女。〕

戀愛調色盤

握住你的溫度，
握住愛情……

You are getting far away......

How was your day?
I feel I scouldn't reach you with any other way.
Although you never say, I can sense you are not the same.

Or I shall say,
everything cannot be the same since the day we met.

Maybe you didn't mean that way,
I think I'm not the one you wanna go out and play.
Days gone by day, and you are getting far away.

Every time you say you gonna call me back,
I wait for your call till very late.
And still cannot get your answer back.

Do you still want me to be your date?
I feel you are getting far away,
but my heart is not the same since the day we met.

If you are trying to get away, and if that's the only way,
I will wipe my tears and quietly walk away.

You are getting far away,
do you still want me to be your babe?

2003/04/21 9:23am
櫻花雪

珍惜你的他

問妳是否真的喜歡他
妳聳了聳肩　輕輕的說出　還好吧

妳身邊總是有不同的他
卻看不出哪一個才是妳真愛的陛下

以前妳的心曾被狠心拋下
妳發誓再也不讓男人進妳的家

於是在感情的路上妳變得無牽無掛
但是黑夜來臨時妳也會聲淚俱下
寂寞入侵時妳常常想到以前的他
翻翻日記回想他說過的甜蜜情話

妳不乏有慕名男子拜倒妳群下
妳明亮的雙眸卻不正眼瞧瞧每一個他

從這個殿下換到另一個殿下
妳相信公主仍未找到她的神話

妳說愛情總是一個樣
我相信會有好的造化
如果妳緊閉心門　那誰能將妳融化

從春天到冬天的四季交替下

妳一樣令人牽掛
我只能期待妳有天將遊戲作罷
然後領悟愛情不只是嘻嘻哈哈
早日與某人迸出愛的火花

2003/4/30 3:04PM
櫻花雪

愛的平衡點

每天他期待與她聊聊天
有時也怕他使她覺得煩
可是每次她說加班很累
掛完電話後只想倒頭睡

想聽她聲音卻怕佔用她時間
他也不是要被她擺在第一位
但卻希望有些許被尊重感覺

她希望自己享有私人空間
卻又不想沒陪他而被抱怨
只好安撫他情緒給他慰藉

誰愛誰比較多
這是常聽的疑惑
她該想想是愛自己還是愛他多
他給她自由但心卻又隱隱波動

情愛的世界裡沒有誰對誰錯
重要的是彼此的在乎與配合

再愛還是得有私人空間
免的一方無奈一方太黏
每天情話綿綿
朋友們勢必被擠出國界

愛情不是吃到飽餐廳　也不是精緻小點心
愛情的蹺蹺板就是有高有低有往有來才有趣

多些體諒　多些溝通
回想當初對方的模樣
在熱情與冷靜之間
找到倆人的平衡點

2003/06/02　10:48am
櫻花雪

〔本文寫給牡羊的她與射手的他。愛情萬歲！〕

誰對誰比較好

「你對我一點都不好！」
「我哪有對你不好！？」
「我就是覺得不好！」
「是怎樣不好！？你說啊？」

在「最後的晚餐」電視節目上，一對年輕戀人在爭執著。兩人為了誰比較愛誰在那邊爭來爭去。
女方覺得男生對她不好，可是又說不出什麼理由。她說「我就是覺得你對我不好！」。
男方覺得他沒有對女友不好，逼問對方到底她哪裡不滿他的意。「我哪裡有對你不好？你說ㄚ！？」

倆人吵得不可開交，以前積壓已久的情緒也都一併浮上檯面。
「你媽又不喜歡我！」
「你自己的態度也不好！」
「我現在還沒嫁給你就已經這樣，以後還得了！？」
「那是怎樣？」

那對戀人看起來好像很討厭彼此，說的話也很難聽。尤其是女主角，她那咄咄逼人的態度，我真懷疑她對男主角的感情有多少。雖然她口口聲聲說男友對她不好，可是態度口氣很差，還對男方的媽媽很不滿，不但不尊重長輩，還兇巴巴的樣子。倆人吵著吵著感覺就像仇人一樣，女主角不但對男主角丟東西，還會罰他下跪。

媽咪呀，這是什麼樣的情侶關係？我看了都覺得那個女生很欠打，怎麼那個男生還那麼愛她？

就算那只是節目效果而已，但真人真事其實也會搬上現實人生。

你愛我我愛你，誰對誰好到底有沒有關係？

若真要比較，那結果永遠是沒完沒了。

也許情人沒有我愛的那樣多，也或許我所謂的好不是情人眼中的好。

在我還愛著情人的一天，不管誰對誰比較好，只要還能聽到情人溫柔的聲音或是可以撒嬌擁抱，那麼誰愛誰比較多都沒那麼重要了。

重要的是，我們要在一起，我的心是向著情人的，而情人的心裡也有我。

這樣，就夠了。

2003/07/08 4:30pm

櫻花雪

〔7月7日小暑晚上看情人爭吵節目有感。〕

淚語

第一次見到妳
妳笑得非常甜蜜
那是妳在我心中的記憶

然而
今夜收到妳的簡訊
隱約感到妳的傷心
我彷彿預見了妳的淚滴
凍結在那無語的另一邊際

第一次聽見妳
說話有點孩子氣
那是妳慣有的幽默風趣

然而
今夜聽到妳的氣息
猶如被吹散的煙絲
我感覺熟悉的不甘痛楚
貼近在電話線的另外一端

收起妳的淚　讓我看到妳的甜
他不懂是他的無知
忘記那不甘　仔細想想妳的媚

他不要是他的損失

把淚擦乾　將四周看看
妳會發現快樂其實在妳身邊團團轉

2003/8/15　12:17am
櫻花雪

（給愛哭的妳：淚停之後，心隨時會好，意隨時會到。笑
開懷！下次我逗妳笑時妳再罵我看看，見面時我就要踹一踹
妳！）

遇見……偏了心

窗外下著小雨,露台上的水滴,顯得格外的晶瑩。

你說你偏了心,那個讓你感動的人,使你起了震撼的漣漪。
但是,他心裡還有個她。如同你,未能將遠方的他放下。

提到感情的事,你跟他約好不准偷偷的將淚珠掛在臉上。

你說你偏了心,問我這算是什麼樣的牽掛?

你們彼此關心對方。即使距離很遠,真的很忙;即使不能現
身,多少釋出了關愛的渴望。

你的善意,他的體諒;你們不得不正視彼此因對方而閃耀的
變化。你想飛奔去有他的地方;他想守候在有你的身旁。

兩顆心牽引、跳動、閃閃發亮;互相傾吐、相互心疼,有著
交會時互放的光芒。

這樣的心、這樣的意、這樣的情,是要穿過多少人、經過多
少事、越過多少年,才能讓你遇見或發現?

燭火映在玻璃上閃著幽幽微光,我猜想你的心應該明白了這
樣的變化。

微笑吧!祝福你與他的相知,彷彿初秋的雨景,如詩如畫。

2003/10/09 01:29pm
櫻花雪

思想起……什麼關係

秋風吹起，溫度降低，今早你收到他的信。

不清楚你跟他是什麼關係，他的回答讓你不平靜。

你說你們倆人相隔天涯海角，他說你們之間好像有一座橋。
你在這裡傻傻的等待、淚偷偷掉，他卻提不起勇氣對你說要
或不要。

兩個人到底是什麼關係？彼此的心到底放在哪裡？

他不再是以前那很屌的二少，你也不再如青春少女般閃耀。
目前的他窮困潦倒，當今的你傷心寂寥。
他不敢說「你也向我走來好不好」，而你的心裡正不安的發
著燒。

他用手揪著心，發誓說他真的很愛你；你強忍住淚滴，隱約
見到你們的距離。

現在到底是什麼關係？現在到底是什麼情形？

我不知道。我不知道。我無法回答你，在這樣的情景。

你問到底是什麼關係？現在變成他來反問你。

而你，早已亂了思緒……

2003/10/14 2:40pm
櫻花雪

〔一顆心，是糾結著什麼樣的情？〕

他們說你⋯⋯

他們說你
迷失在風裡

後來才想起
你遺忘了的思緒　不知在哪裡

他們說你
孤傲又傷悲

誰有細數過
那是經歷過多少輪迴　才換來的面貌

他們說你
安靜又話少

可知你內心
卻經常山崩似的如天動地搖

他們說你
總是淺淺的笑

卻沒人發現
在無語的夜裡　你的心　是輾轉的煎熬

他們說你

勇敢做自己

有誰又知道
疲累的你　只渴望有一個安定的擁抱

2003/10/28　10:42am
櫻花雪

什麼關係……多了一個

氣候四季交替
心情隨時不定
關係混淆不清
愛情讓人癡迷……

＊　　　＊　＊

季節裡有冷空氣
凌晨他捎來一封信
說他生了病　對自己做分析
這才發現他有另一個個體
跟他共用一個身體

他比較隨性
另一個他有條有理

他在信裡娓娓道出關於他的事情……

那晚回家發現他的她躺在別人身上
那個別人正是他的麻吉

＊　　　＊　＊

光溜溜的身體
沸騰騰的思緒

亂糟糟的心裡
火辣辣的打擊……

* * *

從此他歇斯底里
從此她一言不語
從此他們之間有了距離

另一個他就是在那天之後出現的……

然後他花天酒地
然後他不能自己
然後他記憶消去

* * *

每當他意識朦朧
另一個他就頂替了自己……

謝謝另一個他
他說另一個他支撐了每次迷茫之後的他……

看完他的信
讓你陷入未知的情形
到底你認識的他是他

還是另一個他？

接著你也開始懷疑自己
心裡隱藏了另一個你
不。安。定。

2003/11/18 10:48am
櫻花雪

〔如果你發現自己有雙重人格，你會怎麼辦？人們說，那是
為了生存而產生的症狀！？〕

他她說。調整心情。

〔他說她〕

她說他的態度有點冷，其實他也不是故意的。
也或許，該說他是刻意的吧。

在猶豫著要不要說出對她的感覺，是不想壞了原有的和諧跟情誼。
有些話想說，但是太早說了也沒用，痛苦就這樣產生了。

其實說與不說，沒什麼大不了，不就是心裡的感覺罷了。
雖然他知道說了，可能讓彼此的感情有所變動，可能變好，也可能變不好。
終究，他還是選擇說了。在她打電話來的時候。

前陣子跟她互動蠻多的，發現自己好像喜歡上她了，感到有點不安，甚至患得患失。
於是他選擇以淡然的、保護自己的方式，選擇不應他們的情誼。
他只能用這樣的方式，來調整自己的腳步跟心情。

或許，在這樣冷漠的世界，人不得不保留些自我空間吧。
或許，保持距離，是防止自己受傷或被騙的最好方式。
這是他選擇恢復自己平靜生活的態度。

如果不是她的善意跟親切，或許這份友誼就不會開始。

如果不是因為相同的成長背景，那麼，他們不會有熟悉的認同感跟互動。

等待讓人禁錮，猜想讓人淪陷。
在她沒有打電話來的時候，他假裝自己有從容的心情。

原來，抽離是如此的無言與感傷。

〔她說他〕

對於他的不理睬，她也不是不懂的。
之前在他還沒說出原因時，她早就猜到了。

不說不點破，是不想壞了原有的和諧跟情誼。
可是，他還是說出來了。

其實說與不說，沒什麼大不了，不就是心裡的感覺罷了。
只是，覺得他以逃避的、保護自己的方式，選擇不應他們的情誼。
這讓她有點難過。說真的，他小小傷了她的心。

或許，在這現實冷漠的社會下，造就了人與人之間的疏離。
或許，保持距離，是防止自己受傷或被騙的最好方式。
這也是她討厭冰冷環境的感覺。

如果大家都不信任彼此，那試問，沒有了心沒有了相信，情
感如何開始？
如果只是因為日漸熟悉的感覺而不安，那麼，那之前曾有的
彼此認同感跟互動，就只是假象罷了？

緣分要際遇，友誼也得努力。
在猶豫跟猜疑的鑽牛角尖裡，情誼不知不覺就被虛無化了。

原來，抽離是如此的快速與漠然。

2003/12/03 9:25am
櫻花雪

男孩。女孩。

我認識一個男孩，我也認識一個女孩。
女孩跟我訴說她的情懷，男孩跟我分享他的戀愛。
男孩說他愛上一個女孩，女孩說她戀上一個男孩。

女孩說她很喜歡男孩，可是他總是像個小孩。
男孩給她很多的愛，但她總覺得有缺少什麼的遺憾。

男孩說他很鍾意女孩，可是有時她的要求高於期盼。
女孩讓他有甜蜜的滿足，但他似乎有意無意就會惹她不快。

女孩說男孩太黏，她希望有些自己的空間。
男孩說女孩太強，他希望兩人有親密時間。

女孩覺得男孩的關切太煩人，男孩覺得女孩的拒絕太傷人。
於是，倆人之間變得有些閃神。

女孩在路口等車的時候，看到男孩正在等紅綠燈。
男孩並沒有望向女孩這邊，他只是望著路口往來的行人。

他們是一對戀人，可是他們有一段時間沒有好好的溫存。
雖然手牽著手，雖然一起吃飯，雖然躺在同一張床上，雖然
仍會接吻……
但是，最近他們之間有點沉悶。

女孩問我該怎麼辦？男孩問我要怎麼談？

我只問他們「是否對方還是你心中原來的那個愛？」

於是，他們點頭笑了。我看見他們眼裡有彼此的存在。

我認識一個男孩，也認識一個女孩。他們正在相愛。
我相信他們會慢慢了解那所謂的幸福地帶。

2003/12/09 4:29pm
櫻花雪

〔給相連的兩顆心：珍惜。溝通。相愛。〕

日常隨筆

文字是創意激發的載具，
天空是想像馳騁的遊樂場。

寂寞與愛情？

每天你可能被寂寞喚醒
然後幻想希望有人可以跟你一起看看窗外的天氣
偏偏別人那裡放晴　而你這裡卻下著雨

現實愛情不是電視演的日本連續劇
兩個人的相處會造出不同反應

就算你告訴對方：讓我把幸福給你
得到的反應也許不是你想像的那種情形

婚姻制度不是為愛情而設計
繁衍後代還有尋找終生伴侶
別告訴我這就是你生存的意義
先問問你自己要的是什麼樣的伴侶與愛情

當我們一次又一次的刪除別人或被別人否定
我們究竟剩下什麼在日復一日的生活裡
在那不經意的眼神交流裡
你是不是已經忘了愛情的道理
還是只有寂寞與孤寂吞噬著自己

2003/05/12　10:55am
櫻花雪

幸福就在不遠的距離

我們都像飄散的蒲公英
隨著風　飛向各地
尋找適合自己附著的屬性

她說她是破碎的玻璃
已經找不回失落的那顆心

他和他之間沒有話語
一夕之間　情誼竟然沒有轉還的餘地

你說你要調整自己
不要再陷入不安的思緒

事情總無兩全　人生沒有雙贏
如果選擇面向陽光
便不會看見角落的陰影

生命中所發生的一切事情
也許早已被註定

可否 往好的方面看齊
脫下隱藏的面具
打開封閉的性靈

讓嘴角洋溢

展露你美麗笑容　向上揚起
你會發現
幸福就在不遠的距離

2003/05/15　11:07am
櫻花雪

〔最近大家好像都帶點憂鬱，想想是否應該來點正面的鼓勵，
於是有感而發的寫了這篇東西～〕

情誼永遠

妳的眼　垂下了
妳的頭　低下了
妳的淚　落下了
妳的心　竟然哭了

頭髮　修剪過了
心情　有點換了
想法　開始轉了
愛情模式　改變了

妳傷心了　我難過了
妳露微笑　我明白了

握住妳手　給妳溫柔
望住妳眼　給妳承諾

要與不要　人生苦短
向左向右　愛情自擔
是好是壞　一樣精采
有妳有我　情誼不變

了解的背後　是美麗的開始
緊密的溝通　是永遠的陪伴

2003/06/25 11:26am
櫻花雪

〔本文寫給F。友情萬歲！〕

為你祝福

你昏迷我的心浮起憂愁
你要勇敢一步步往前走
願你早日恢復明亮眼眸
未來在你前面搖擺著頭
別再習慣失戀時舔傷口
幸福在不遠處向你招手

2003/06/25 12:24pm
櫻花雪

〔此文寫給因車禍還在努力中的Remy，希望他早日康復。〕

暫停三秒鐘

有多久　你沒有細細的品嚐一下午的安靜
有多久　你沒有好好的凝視那天空的白淨

有多久　你沒有慢慢的聆聽最內心的話語
有多久　你沒有細細好好慢慢的看看自己

在忙碌昏亂迷惘的生活裡
是否我們都忽略了那澄澈的安靜透明？

是否　你跟我
都該給自己三秒鐘的平靜

使　忙碌的一切
暫停

讓　昏亂的所有
暫停

2003/07/22 4:42pm
櫻花雪

〔無聊的會議　討厭的鬥爭　緊張的情緒　無奈的瑣碎　惱
人的思緒　不知所謂的生活有感。〕

七夕戀夏

〔一〕
輕颱登陸　風雨飄飄
黑漆漆的天空　熱滾滾的心情
相約台北當代藝術館

〔二〕
美聲演唱　伴隨著　舞火舞團
深情的電子琴　活潑的吉他　還有
悠揚的長笛　及　優美的雙簧管
譜成動人的旋律

〔三〕
絢麗　炫目
精采表演　動人演出
滄桑中帶有柔情

〔四〕
牛郎在那端　織女在彼岸
相遇前的熱情預演
再會時的浪漫前夜

2003/08/03　9:45pm
櫻花雪

〔2003年MOCA七夕前夜音樂Party「戀夏」。願大家七夕情
人節快樂！〕

剛好……

〔一〕
他忙碌於工作
她送他一束花
節日　讓她有祝福他的藉口

〔二〕
左耳癢起　她想起他
於是　洗完澡
打開手機
然後螢幕上顯示著他的號碼

〔三〕
週末
過著不同的生活
她看著書
他打著球

〔四〕
他結束應酬
她正準備睡覺
他們　生活有時差

〔五〕
奇妙的滋味
慢慢發酵
是
什麼

〔六〕
他沒有固定對象
她也是單身

2003/08/05 1:36pm
櫻花雪

Open your eyes

The heaven is wide and the clouds are white,
raise your head to see the blue sky.

Open your eyes to see the shining light.

The truth is right and your are not blind,
use your wisdom to read the hidden mind.

Open your eyes to read the depraved life.

The future is bright and tomorrow will be fine,
use your imagination to explore what is behind.

Open your eyes to find out the real guide.

Open your eyes, help yourself to verify.

Just try your best and get your drive
to make you own mellow wine.

2003/0822 1:40pm
櫻花雪

〔瞇瞇眼要睜開眼，一切就會亮晶晶。〕

我。知。道。

辦公室內沒有萬事通；同事間紛爭很黑暗。

暗巷走多了會見鬼。

鬼扯話很討厭。

眼睜睜看著你離開，只能任淚流，卻什麼都無法說出口。

口是心非是很多人都會犯的錯。

錯的時間遇上對的人常發生於世。

世界很小。

小孩子有耳沒口，聽聽就好不要亂說。

說真的，錢不是萬能，但是，沒有錢萬萬不能！

能不能不要太患得患失？勇於尋找夢想的價值。

值得，就好好把握。

握在手上，就要好好珍惜。

惜你所愛，愛你所有。

有些事，什麼都不用說。

說了我知道了嘛！

X 的〔消音處理〕，都說我知道了，別跟我廢話！

話沒有說出來不代表什麼都不懂。

2003/09/19 03:28pm
櫻花雪

〔懂就好，看看就好，笑笑也好。〕

停看聽

每天，我們都要過馬路；
不管你是開車還是走路，都應該遇到不少紅綠燈……

過馬路需要等待
等待的時候，需要停。看。聽。

停→
在路口，先停下腳步……
有些人只是急促的走著，一點都不管什麼青紅燈，讓人擔心
他的腳步是否配合別人的速度。
有些人停頓了太久，阻礙了交通，也浪費了時間。

看→
過馬路時，要注意虎口……
有些人低著頭往前走，忘了觀看左右的交通。
有些人東張西望，過馬路一點都不專心。

聽→
路上的動靜、車子發動聲和喇叭聲，也要小心……
有些人走的很仔細也看得很小心，但卻沒聽見不耐煩的喇叭
聲。
有些人太敏感，光聽那些身邊的雜音，而忘了她正在馬路上。

你在過馬路的時候，是否也發生以上這些狀況？
在人生旅途上和愛情歷程裡，也別忘了停看聽。

停下腳步細細思量
看清楚要走的方向
聽別人意見做參考

在十字路口時，你在想什麼？
青紅燈在閃了，別忘了停看聽喲！

2003/09/23 9:27am
櫻花雪

〔青紅燈的啟示。〕

友情愛情之爭奪事件簿

名偵探柯南說：「不管發生任何事，真相永遠只有一個。」
今天，你的好朋友跟你的情人之間有了碰撞摩擦，你該聽誰
的？
戀人與知已，你如何取捨？

一邊是友情……
「有朋自遠方來，不亦樂乎！」夫子在古早之時自有名訓。

「出外靠朋友」→
沒錯，平時我們的喜怒哀樂都是跟朋友一起分享的。
都說好有難同當有福同享了，怎麼可以棄朋友於不顧呢？

一邊是愛情……
「十年修得同船渡，百年修得共枕眠。」愛情當然是擺第一
囉！

「你是我心中永遠的夢」→
我好不容易才跟戀人在一起，是好朋友就應該了的啦！
情人難哄，好友易懂。心上人重要。

1號小朋友說：「當友情遇上愛情，原來是那麼不堪一擊。」
你想想看，把兩顆玻璃球相撞，是不是兩敗俱傷？

「有我就沒有他！」
「你是相信我還是相信他！？」

「我跟你認識這麼久，竟然比不過認識沒多久的？」

左右都不是，為難了自己……
→
友誼難求
情感脆弱
愛情友情
不偏不倚

事情的球，可以膨脹，也可以縮小。
事實，真金百鍊。而謊言的針，一戳就破。

情會變，心會變，但真相只有一個，永遠不會變。
不管你做了什麼結果，不管你取捨了什麼，真實與謊言，勝
負早已揭曉。

2003/09/23 3:29am
櫻花雪

〔回一號小朋友提問之愛情友情真假事件。〕

愛情與麵包

人都曾被問　人都要抉擇
愛情與麵包　是要哪一道

麵包很重要　沒有不會飽
愛情價更高　遇到就知道

愛情與麵包　你要怎麼找

麵包一定要　人人數鈔票
愛情不得了　浪漫指數高

麵包閃亮亮　大家都想要
愛情很可憐　想要不敢要

問我怎麼瞧　愛情與麵包
儘管辛苦要　我會這麼要

緊緊的抓住愛情　努力的賺取麵包
愛情與麵包　一樣不能少

2003/09/24　2:18pm
櫻花雪

〔最近愛情與麵包話題熱烈中。〕

變與不變

「變」是一種學問，也是一種時勢潮流。

時間在變，時代在變，社會在變，人心在變，而感情也跟著變。
但是，你要怎麼變呢？

以不變應萬變→
當愛情變味了，她不敢想太多，「男人嘛！逢場作戲後就回來了！」
我想我老婆可能是心情不好，一下子就好了。再說，我們感情這麼久，怎會一吹就倒？

「都老夫老妻了，沒事沒事～」分手豈是那麼容易就說出口？

大家一起變變變→
「老虎不發威，你把我當病貓！？」他有外遇，她也要找情人來報復一下。
既然你不顧多年的感情，那我們還談什麼？「你走你的陽關道，我過我的獨木橋。」

「我們離婚吧！」感情走到這一步，是很難回頭的了。

愛與不愛，都需要勇氣。
變與不變，也都有感情。

遇上讓你心動的人，你是否要接受他？
面對多年相處的他，你是否捨得放下？

戀愛的「戀」字，跟變心的「變」字有什麼相同的地方？
就是這兩個字開始的寫法都是一樣的，所以戀的開始就是變
的開始。
當你一踏入戀愛的世界裡，你就要有預見情變的準備。

那麼，緣份的「份」字，把他拆開來是「人」＋「分」。
而為什麼份字放在緣字前面呢？因為緣份到了盡頭就要分了。

不管是你變還是對方變了，希望都可以做到，情變心不變，
心變情永遠。
如果一段感情變的「食之無味，棄之可惜」，請想想，你的
心跟你說了什麼。

一份感情得來不易，遇見真心更是難題。
要好好珍惜與把握身邊的良緣。

變與不變，要靠你的智慧。
愛與不愛，要用你的感覺。

你，準備好了嗎？

2003/09/26　3:48pm
櫻花雪

〔情變國語教學。〕

方向？

有邊讀邊　沒邊唸中間

這邊那邊　黨派很多變

一人站一邊　西瓜靠大邊

左邊右邊　笑臉哭臉　人心很多面

一憂一喜　一笑一氣　心情太多變

男方女方　你家我家　是在哪一方

近在眼前　遠在天邊　生活千萬面

天地悠悠　人海茫茫　幸福很遙遠

上面下面　前面後面　方向看不見

東邊西邊　南邊北邊　未來在哪邊

2003/09/30　5:28pm
櫻花雪

〔無聊隨口唸～〕

仰望

〔一〕
天空
有著澄淨的透明

你
是否看見了
自己

〔二〕
白雲
在天上飄搖
伴
隨著
風

走過
一站又一站的
旅程

〔三〕
天際
高掛
一望無際的
藍

〔四〕
浮
光
掠
影
散落在
稀　薄　的
空氣裡

〔五〕
生命力
以一種絕決的方式
像鳩一樣
向　上　飛行

〔六〕
幾乎　伸手就可以觸摸
那
雲彩裡的秘密

2003/10/06　5:56pm
櫻花雪

〔你是否看見天際裡的那道光？你想要天上的哪一朵浮雲？〕

流動

城市總是太喧鬧
真話總是有點少
無法平靜的心　總是令人煩惱

有些夜晚睡不著
有些日子風雨飄
慌亂　讓你看不見　路標

沸騰的夜在燃燒
一顆心有點寂寥
無力的生活　讓人忍不住想逃

2003/10/13　4:54pm
櫻花雪

十句話

櫻花雪語。

之一。
思念讓人喘不過氣，想念成了一種病。

之二。
文字讓人出了神，書可以平靜一個人的靈魂。

之三。
每個人的立場都不同，所以堅持跟猶豫的重點也不一樣。知道自己要什麼就好了。

之四。
真心，是一種現實與虛擬的渴望。

之五。
要知道自己的份量，但也別小看自己。Believe yourself！

之六。
有所期待，就會有所失望。所以要有心理準備。

之七。
有些事不該說，有些事一定要說；有些話只能對某些人說，有些話只適合在心裡說。

之八。

試，是一種勇氣。沒有試，你怎麼會知道好不好？試了，你
至少有50%的機會；沒試，就只有零。

之九。

理性和感性是拔河的遊戲，愛情與感情總是曖昧不明；遊戲
太深傷了自己，一切要小心。

之十。

人無法比較、痛苦無法比較、感情無法比較，一經比較，就
會讓人錯愕、挫折、措手不及，甚至感到錯愛。

2003/10/21 10:58am

櫻花雪

〔永遠相信遠方，永遠相信夢想。你要說什麼？你有想說的
什麼話嗎？〕

來來來！吐一口氣！

小姑娘你別生氣
大家都在生悶氣
個人自掃自家地
誰來管你的問題

你的安慰他當放屁
你傷心誰看在眼底

你生氣來她高興
這就得了她的意

放開心情別生氣
別跟自己過不去

氣歸氣還是得賣力
誰叫我們拿人底薪

吐口怨氣轉個意
姑娘姑娘別生氣

2003/11/06 11:53am
櫻花雪

〔給在工作上不愉快的人來個繞口令。^_____^y〕

挫折。挑戰。

每一個難關都是學習。
每一項克服就有成就感。
每一場磨練就孕育了勇氣。
永無止盡的挑戰。不停歇的抱負。
化危機為轉機。
不要質疑,來個正面迎擊!

給所有遇到挫折的人。
勇者無懼。
大口大口呼吸,大步大步向前走。
Fight!

2003/11/20 4:48pm
櫻花雪

〔別沮喪。加油!〕

窄門

窄門咖啡，愜意陽光下午。

教師窄門，越來越不好擠。
大學窄門，貧窮變成世襲？

天國窄門，練習進天國去。
階級窄門，充滿辨識歧視。

人生窄門，生老病死傷悲。
愛情窄門，永遠陪你是誰？

台南窄門咖啡，別有洞天。
二十七公分的入口，小窄。
酥油茶與印度奶茶，不錯。

2004/01/05　11:19am
櫻花雪

〔你有想進的窄門嗎？〕

真心？假意？

情意重要　真心難尋
一份真情　尋覓不易

職場生涯　如進叢林
有心無心　誰在傷心

分享心事　難得珍稀
掏空真心　反被攻擊

熟稔程度　是非不清
到底是誰　才是知己

❋　　❋　❋

靜下心來　思考細膩
背後動機　信與不信

友人敵人　小心翼翼
陷入泥沼　傷了自己

找到真心　不太容易
毀壞情誼　卻很輕易

事情始末　曙光未晰
抑制衝動　耐住別急

過去已過　別太在意
現在就在　把握珍惜
未來未來　規劃詳細

給你關心　幫你打氣
難得糊塗　好好休息

2004/01/09　10:51am
櫻花雪

〔把淚擦乾，不哭。別被擊倒，堅強。〕

新年的願望

總是在安定與變動間猶疑
總是在憂鬱與喜悅中飄移
張開雙臂迎接新年的來臨
許下願望給自己不同勇氣

新的一年要努力向前邁進
自自在在的保持愉快心情

願望一是需要轉換的情緒
願望二是享受幸福的相依
願望三是體會健康的身體
願望四是甩開不安的猜忌
願望五是保持平穩的思緒
願望六是練習微笑的習性
願望七是建立良好的關係
願望八是遺忘心痛的痕跡
願望九是擁有美好的經歷
願望十是記住一切的點滴

新年快樂。願你一切如意
大家都要一起有新的景氣

2004/01/16 11:35am
櫻花雪

〔散佈美好氣息。你許願了嗎？〕

燭夢。築夢

〔一〕

夢的顏色
是什麼？
是粉嫩的紅　嬌柔的黃　還是浪漫的紫？

在有你的城市裡
點燃一根根蠟燭
想像
幸福

〔二〕

點起有著淡香的蠟燭
開啟有著你的綺麗夢
想起充滿回憶的小城
在這屬於我倆的城市

〔三〕

燭火映著螢螢光芒
夢中出現你在身旁
城裡充滿未來渴望
市集有著幸福想像

〔四〕

我要帶著夢想去找你

在
你覺得夢　快要走遠的時候

點起
五彩繽紛的　蠟燭
讓你看到燦爛火光

記得
再堅持一下

夢就要開始了⋯⋯

〔五〕

尋找屬於我倆的　夢
在
燭夢城市裡⋯⋯

2004/02/02　8:09am
櫻花雪

〔為好友的「燭夢城市」詩寫築夢。〕

Be yourself

很多的事情　別人難以瞭解
有時候說出來只是一種　發洩
不管是說是寫
找尋出口　讓自己情緒宣洩
是好是壞　是妙還是糟
只要是朋友都會聽你　發牢騷

說多說少或是胡說八道
不管安靜還是喧鬧
你就是你　只有自己知道

別看不開別想破腦袋
給你一個鼓勵　願你開懷

2004/2/4 2:42pm
櫻花雪

〔 Ellison，Cheer up！〕

粉紅色的問候

若說紅色代表熱情，那粉紅色可以代表浪漫。
粉紅，有點溫柔，帶點可愛。讓人想起粉嫩的愛。

陷入戀愛的時候，讓人想起粉紅色。
思念對方的時候，讓人想起粉紅色。
想跟情人纏綿的畫面，也是粉紅的。
粉紅色的問候，適合情人節的招呼。

送上數句德語，請自行服用：
愛情〈die Liebe〉
親愛的〈der Liebling〉
很想你〈Du fehlst mir sehr〉
很想談戀愛〈Ich moechte verliebte〉
喜歡你的體貼〈Ich mag dein Freundlichkeit〉
做我的心上人〈Ich bin dir ans Herz gewachsen〉
趕快靠近我吧〈Anmachst du dich schnell an mir her〉
愛情上癮者〈der Liebesuechtiger〉
情人節快樂〈Frohe Valentinstag〉
我愛你〈Ich liebe dich〉
瘋狂〈verrueckt〉
再見〈Tschuess〉

粉紅色的問候，給有情人沒情人的你或妳。

2004/2/13 11:36pm
櫻花雪

〔Happy Valentine's Day。〕

喜歡，有你們

你溫柔的胸膛
撫平我不安的思緒

妳爽朗的笑容
安慰我受傷的性靈

你深情的眼光
鎮定我跳動的心情

妳細膩的關懷
體貼我矛盾的感觸

你智慧的話語
開解我難過的憂鬱

妳包容的了解
鼓勵我弱小的勇氣

謝謝你、妳，還有你們，
你們是善良的小天使。

2004/02/25　11:00am
櫻花雪

〔有你們真好！〕

低氣壓裡的疑問

爬得越高，膽子是不是要越大？
職位越大，格局是不是就變小？
階級小的人，是否就會被欺壓？
野心大的人，是否就沒有肚量？

苦苦的追求，就會得到快樂嗎？
狠狠的相殘，就會得到版圖嗎？

五根手指頭還不都是屬於同一隻手？？
小指也很有力量。

你沒放棄我們，我們也沒有放棄你。
累了，何必要讓自己更累？
天地還是很寬廣的。

2004/02/20 10:14am
櫻花雪

〔你是快樂的上班族嗎？〕

平衡。

日子中，有許多忙碌。
工作中，有很多壓力。
生命中，有不少取捨。

你，都如何平衡呢？

健康跟事業，你想要什麼？
壓力跟自我，哪個要代價？
辦公與悠閒，什麼吸引你？
不爽與開懷，哪種較容易？

你，是工作全人嗎？
累倒了就不完全了喔！

何不，休息一下。
給自己一點犒賞，去旅行吧！。

2004/03/09 9:02am
櫻花雪

〔你平衡了嗎？〕

生活答錄機

生活，
就是一種想像。
讓回憶吹動彩虹風車。

我27歲，我一個人

　　身邊沒有伴的人有很多，而且大部分都是夜貓子。一個人其實也還好，沒有人管，也沒有牽絆。最重要的是，因為沒有期盼，所以不會受傷心痛。

　　我27歲，我身邊沒有伴。我本來就長得一副娃娃臉，別人知道你一個人，都還會笑笑的說，「沒關係」「你還年輕」。但當他們知道我27歲，虛歲也已經29了，大家都露出一種「怎麼可能單身」「都要30了，還不結婚」「再挑就沒人要了」或是「還是要結婚比較好」「一直單身的人都是怪人」等等等的表情和話語。

　　當然，我也希望有男友在我身邊。孤單的時候，有人陪伴；開心的時候，有人分享；難過的時候，有人擁抱；興奮的時候，可以玩耍；或是無聊的時候，有人吵鬧。我渴望愛情，我也希望談戀愛。可是，愛情不是說來就來。總不可能只因為想要有人陪就隨便找個對象吧？！

　　有時候聽到同事談論帶小孩子的辛苦，說每天要忙著做家事，我會慶幸還好，還有機會過自己的生活而不是被使喚著。有時候聽到朋友抱怨沒自由，說什麼時間全部排給男朋友了，我會慶幸還好，還有機會安排自己想要做的事情而不是牽絆著。我週末可以睡晚一點，不用做三餐給誰吃，就算一餐沒吃飯也沒人管。想看電影的時候，不用擔心寶寶孩子沒人照顧或保母沒空。想跟誰出去的時候，不用煩惱要跟誰報備或是隨時有人打電話查勤。那些時候我覺得一個人很好。

　　我一個人，可是我常出國。我一年出國2次，通常是香港或日本。同事們最羨慕的就是我好像動不動就出國。其實我只是去逛逛而已。因為身邊沒有伴，生活圈子也不大，加上朋友大部分

都不在台灣，所以我覺得在台灣很無聊。我平常不逛街，最常做的事就是看書和看電視，偶爾和朋友去吃飯或看電影。別人稍嫌乏味無聊的生活，我倒過的挺愜意。

我的薪水不高，雖然工作3年了，薪水還是跟剛畢業的大學生差不多。因為存不了錢，乾脆花在我想做的事情上面。每次去香港，我沒有去逛名勝買名產或吃美食，我只是去逛街。反正香港不大，一天就可以逛完我想看的然後回台灣。我上個月剛從日本回來，而上上個月才去香港血拼。我去的時間都很短，因為我只是要離開台灣散散心。雖然同事都說我太誇張，但我知道他們是欣羨我的，因為我一個人，我很自由。

一個人的時候，當然也有不好的時候。去美食街的時候，你不可能一個人排隊買東西又可以佔到位置。一時興起想出遊，卻發現身邊的朋友都有約會了。想去KTV唱歌，一個人去唱不划算，還可能唱到喉嚨沙啞因為沒人跟你搶麥克風。要安裝ADSL或修理電話，你可能要請一天假，因為沒人在家。飲料或食物喝不完吃不下時，沒有情人的胃幫你解決，你只能硬撐或是丟掉等著被雷劈。半夜肚子痛或是被惡夢嚇醒，沒有擁抱或是安慰。有喜宴的時候，別人出雙入對，你卻只有一個人來來去去。

單身除了可以當貴族，也有可能被當成單身公害。只要你身邊有個異性，別人就會認為你跟他有關係。跟男同事出去吃飯，別人可能暗地討論你們的曖昧。跟老闆一起用餐，還得找另一個伴，免的惹來閒言閒語。我是不怕別人怎麼說，但是大家都會避嫌。想跟有男友的好友一起去玩，還會被念說愛當電燈泡。

因為一個人，所以大家會好心想幫你找個伴。你喜歡什麼樣的對象？大家總愛問。就在我說了一堆之後，就會聽到，「哎喲！你要求太高了啦！」「我認識的不是結婚就是不適合你的年紀的」「我再幫你看看」或者「你要多去認識別人」「給別人機

會也是給你機會」等。本來媽媽告訴我一個人過的好就好，現在也會說如果有好對象就交往看看。和親戚聚會，表弟們被問到何時定下來，箭頭一定會轉到我身上：「大姊都還沒結婚，哪輪的到我們？」唉，就是這麼煩人！所以我很少和親戚見面。

為什麼一定得有約會呢？為什麼要依照別人的話來過日子呢？我要的對象，是不會說要就從天上掉下來的吧！

我27歲，我一個人。雖然，會有夜裡偷偷躲在被子裡流淚的時候，我不會因為年紀大了就隨便降格以求。雖然，身邊沒有伴，很多時候玩不出什麼花樣，但是我還是會挑對象因為不想委屈自己。雖然，一個人有點寂寞，但，很多條件很好的人也還是單身，所以一個人有什麼關係？！不過就寂寞而已。

我27歲，我一個人。我相信，愛情要來的時候，它就會來了。

2003/3/31 6:51pm
櫻花雪

生活的苦悶與迷惘

前天收到一篇商周的文章「站在公車站排前，不知往哪裡去」，內容大概是說很多人面對失業，無法告訴週遭親友；身心受創，生活不好過。

很殘酷，卻也很真實的事情。因為經濟不景氣，失業的人很多。

原本一肩擔起全家生計的人，失了業，苦難熬。計程車滿街跑，大家都想一求溫飽。

尚有工作的人，即使不滿現狀，也不敢隨意離開；深怕一提辭呈，要找工作就更難了。

於是，失業的人不開心，有工作的人也不開心。

除了失業率堪虞之外，最近還有SARS的病情困擾著人，每個人小心翼翼，深怕被感染了。

生病的人要被居家隔離，沒病的人也紛紛帶起口罩。信箱裡關於SARS的訊息傳來傳去，每個人說起話都保持距離。

新聞每天撥放著這裡疫情擴大，那裡又驚爆感染。全球危機總動員，似乎哪裡都不可以去。

誰被隔離了，哪裡又有疫情了，而人們的笑容，漸漸看不見了。

SARS還在全球瀰漫著，近日又發生港星張國榮自殺的消息。

昨天中午同事們才在說著此事，說什麼為情所困，說什麼計劃尋死。

有人還笑著說，因為要轉移大家對SARS的注意力，所以現在開始炒張國榮戲夢人生情愛世界的新聞。

心中嘆口氣，我沒有出聲，除了這些，最近沒有什麼可以讓

人開心的新聞嗎？

先是美伊戰爭，然後是SARS驚爆，然後是張國榮自殺悲劇，接下來，又會有什麼變成今日的熱門新聞榜？

辦公室裡大家面無表情的工作著，有人說工作苦悶，有人說沒有樂趣。

金融股跌深反彈，航空業減班裁員。

昨天在「探索中國、前瞻台灣」論壇上，大前研一與章家敦有著對中國經濟截然不同的極端看法；今日的報導有著聯發科分紅每人近千萬元的消息。

立法院語言暴力，老處女事件是否惡意？登陸=賣台？連戰丫扁打口水戰。

每天都有好多的事發生，好像跟我有息息相關，但又好像都不關我的事。

到底是發生什麼事了，我不知道。可不可以選擇不清不楚不明瞭？

生活有很多的壓力，事情有很多的不宜，什麼時候為機會有轉機？什麼時候悲劇會變為喜劇？

你的苦悶我的不安他的感傷，全都在一瞬間，成了即時的迷惘……

2003/4/03 11:18am
櫻花雪

愛情與工作之隨想

前一陣子金融業人事大搬風，很多人從某個位置跳到另一個位置，職位可能變高，也可能變低。

前一陣子也有朋友感情變動，情人們從你的懷裡跑到另一人懷裡，有人可能會哭，有人可能笑。

景氣不景氣，你需要自我磨練或是擁有專業才能創造工作契機。

人生很現實，你必須外型出眾或是多才多金才會吸引慕名眼光。

工作和伴侶、麵包和愛情，在人的一生裡，成功的機會和取決的過程，其實是很相像的吧？

P說她要離職，因為另一家公司給她更好的待遇；I遞了辭呈，因為他的老闆很難相處；L也說她不想留在她的公司，因為身邊太多人事是非，她受不了。

W說他像個活死人，他剛跟交往6年的女友分手；C最近常去Pub喝酒，他的馬子跟別人跑了；K也跟男友分手，因為她媽嫌他沒錢沒搞頭。

其實，愛情跟工作其實沒什麼兩樣？！

工作是為了賺錢。別說工作是為了樂趣，難道你沒聽說興趣不能當飯吃嗎？

男女交往是互取所需。別說你不圖對方什麼，如果伴侶沒外在沒內在沒錢沒開，你還愛的下去嗎？

聽起來好像很現實，可是不就是這麼一回事？

你的工作能力很強，可是有可能你努力了半天，考績或薪水就是比不上其他的同事；或是你的專業知識豐富，但是際遇沒有像那些有背景靠後台的人好。

　　你長的還不賴，可是就是遇不到好對象；你的條件不錯，但是別人的對象都比你交的好。

　　你問為什麼為什麼，我只能說每個人的命運不同，失望也不過是人生的常態之一。

　　當然對工作很滿意、生活很充實、愛情很幸福的人，大有人在，不過不是每個人都那麼幸運。

　　想要認識伯樂，擁有知音，遇見soul mate，我想，如果沒有契機，也得要有點小小奇蹟？！

　　說歸說，還是好好的把握現在，乖乖的享用你身邊的平凡跟幸福吧！

　　我相信每個人終究都會有個Happy Ending！

2003/04/15　3:08pm
櫻花雪

撇開麻木

前天才有颱風到來的新聞，昨天它就離開台灣了。

不過沒關係，好像它來不來跟我沒什麼太大關聯。

這樣說是不是很是不關己，是不是很無情，還是什麼都不要緊？

難道是我的心和感覺已經麻木？

桑田老師說，「就好比我身邊的台北人一樣……我們對台北已經沒多大興趣似乎等同於那種近在咫尺、習慣成自然、視而不見、對自己的土地缺乏感動的麻木。」

嗯，想想，我麻木了嗎？

對於身邊的人、事、物我沒感覺了嗎？

應該不是這樣吧？！

在上桑田和梅澤老師的日文課時，老師問我是不是都只做自己的事。好像都不太管別人說什麼一樣。

雖然大家都說我太直，太情緒化，有時是一種任性的表現。

我想，可能是覺得做自己好吧。才不管別人怎麼想。

麻木，是嗎？任性，是嗎？

相較於大多數人虛偽的場面，我的率真應該比他們好一點。

我只是對於別人的事興趣缺缺。

我才不覺得跟別人一樣的追求流行有什麼正點。

大人們對小鬼頭喜愛的V6、嘻哈文化、電子音樂等嗤之以鼻或沒有興趣。

學生們對成年人世界的股市指數、政治理念、世界大戰等聽不懂或懶得鳥他們。

是不是大家都漸漸對一切失去新鮮度？

我不懂你的世界之於你不了我的世界，大家只選擇自己關心

的想懂的,這是不是也算是一種麻木?

我有我的感觸,我並不麻木。

看書的時候,我會感動。

看電影的時候,我會動容。

遇上對眼的男子,我會心動。

我還是有我對一切的熱度。只是我用了自己的溫度。

撇開麻木,在生活中還是有很多的小感動,在我們身邊的一切人事物。

撇開麻木,我還是個執著的愛情信徒。

撇開麻木,讓我們多一點心和感受在我們的心深處。

撇開麻木……

2003/4/23 12:38pm

櫻花雪

秘書週有感

每年的四月最後一週（Full week）為秘書週，而該週的週三為秘書日。

所以，今年的秘書週是4/20～4/26，昨天是秘書日。有人知道嗎？

不過可能不是很重要，因為朋友中像我一樣做秘書的好像沒有幾個。

沒人鳥這件事吧？！我自己也忘了有秘書節這個日子。

辛帝說因為不是每個人都是秘書，也不是每個人都能有一個秘書。

嗯，是沒錯啦。

她還說在秘書日老闆應該帶我去吃一餐，送我小禮物和對我特別好。

Yuan說如果老闆帶我出去，表示他很"鹹濕"；如果老闆沒有任何表示，可能他很小氣。

哈，怎麼可能。那是異想天開吧？！

老闆怎麼可能單獨跟我出去，再說他每天忙的要死，總是說他累得像條狗，哪有時間想這些有的沒有的。

搞不好他連有秘書日這種鬼節也不知道哩！

「國際秘書日」是由國際專業秘書協會在1952年訂定，目的為肯定秘書工作在職場上的貢獻，並鼓勵年輕朋友們投入此專業生涯發展。

我想，現在根本沒什麼人想要當秘書吧？

這種沒什麼成長性的工作，連我這種沒什麼工作野心也不想當女強人的小女人來說，做久了也會煩哩。

記得之前和同學出去認識男生，自我介紹的時候，大家都說

出自己的工作性質跟頭銜。每個人的title聽起來都好像很專業很有能力,當我說我是秘書時,大家只是「喔~」了一聲,問問是不是總經理或副總秘書等,然後對我的工作就沒什麼興趣知道。

唉~秘書說穿了不過是高級小妹而已。接接電話、排排行程、打打雜、傳傳文件、聽命行事等。

對公司業務上沒有實質的貢獻度,高層們這麼說著。嗚嗚嗚~

想想當秘書也3年多了,現在無國界的經濟活動與網際網路變成新主流,眼看朋友們一個比一個有成就,我到底在幹嘛ㄚ?

呵,想歸想,也許是個性使然,目前還是做好自己的本分就好。

希望大家工作唸書都快樂!Be positive and keep cool!

2003/4/24 11:57am
櫻花雪

SARS危機

你擔心受怕嗎？
在這樣的媒體渲染下，
SARS的疫情被大肆喧嘩。
你與我與他
在充滿恐懼的城市裡居住　成長　快樂　哀傷。
和平醫院被禁止出場，
高雄也淪陷，健保中心緊急停診。
N95口罩遮住人們的口鼻，
每個人都忍不住想逃避，
擔心自己被隔離。
小小的病毒帶給人大大的恐懼，
心理上的封閉跟外在的壓力沒得比。
每天的報紙電視通通都是SARS戰役大透析，
哪裡出現了病例，哪裡又得隔離。
不安與無能，是否比病毒更具殺傷力？
醫護人員抗議，政治人物沒力，
悠悠的四日裡，春神無法發揮魅力。
小市民感受著全球危機，
嘟囔著哪裡都不能去也不敢去，
暗暗啃著不安的思緒，在經濟浮動的日子裡。

2003/04/25　4:38pm
櫻花雪

圓螢夢

「要看螢火蟲嗎？」朋友吆喝著。

「有什麼好看的？」我不解。

「你沒看過？！」朋友露出訝異的口氣。

「沒有！」我斬釘截鐵，為什麼就一定要看過？

「那就一起去吧！」跟著朋友出發。

星期天朋友帶我去看螢火蟲，那是我長這麼大以來，第一次看到螢火蟲。

去的時候，可能天色還不算太暗，所以只有星零的幾隻小螢火蟲在那兒閃爍閃爍。

原來螢火蟲長這樣子啊。

雖然在電視上可能有看過，書上或卡通裡都有提到它們，但是我從來沒有見過螢火蟲在我身邊飛舞。

呵，我是城市鄉巴老。

看著小不隆冬的螢火蟲在草叢旁振力飛舞著翅膀，它屁股上一閃一閃的螢螢光茫讓我想起了杜牧在「秋夕」裡的詩：

銀燭秋光冷畫屏，輕羅小扇撲流螢；天階夜色涼如水，坐看牛郎織女星。

我想大家都耳熟能詳吧。

還有楊喚的「夏夜」裡面有提到：

跟著提燈的螢火蟲，在美麗的夏夜裡愉快地旅行。

光想著那畫面，就覺得心情很愉悅哩。

不過看著螢火蟲閃啊閃的，我卻突然覺得他們似乎有幾許惆悵跟幾分無奈。以前輕羅小扇撲流螢的那種情形，現在應該是不太可能了吧？

曾幾何時，那山林水野已經變了模樣？螢火蟲在夏夜裡旅行

的場景，應該也面目全非了吧。

流水不再清澈潺潺，土質林木殘缺不堪，都市化還有高污染；昔日一群一群的螢火蟲們，也許帶著行囊逐漸地遠離我們去避開燈火騷擾了。

雖然我對蟲子們興趣不大，因為我對昆蟲有莫名的恐懼，但是見到螢火蟲那一刻，讓我想起童年的一些美好回憶。

你是否還記得小時候的台灣童謠？

火金姑，來食茶；茶燒燒，來食芎蕉；芎蕉冷冷，來食龍眼；龍眼滑滑，來食藍茇；藍茇還未結籽，食了要落牙齒。

那一晚，我和螢火蟲的初初相會，彷彿，已經遙遠的純真，又變得好近好近了……

2003/05/13　5:51pm
櫻花雪

安靜與漠然之間

平常上班不需要搭乘捷運，通常是坐計程車和搭公車。除了週末去南勢角上日文課之外。

前一陣子桑田和梅澤老師回日本，所以日文課休課兩週。

兩個多禮拜沒搭捷運了，昨天再次搭捷運時，發現人突然變得好少。

入口處設有體溫測量站，我問服務小姐是否要量體溫才能搭捷運，「隨便你。」她的語氣不帶一點感情。

只有我一個人量體溫，其他人都不想量的樣子，我一個人站在哪裡，感覺好怪。

量完體溫，服務小姐的回答更怪，她說，「你沒有。」

什麼跟什麼？我沒有什麼？沒有被S先生感染嗎？

車子很快來了，沒什麼人下車，也沒什麼人要上車。

我坐的那一節車廂，只有小貓兩三隻。

跟S先生的入侵有關吧？！原本稍嫌吵雜的台北，變得安靜了起來。

平常人多的時候，有三姑六婆的聲音、學生的嘻笑怒罵、戀人的打情罵俏，還有很多不顧旁人擅自講手機的人。

因為S先生的入侵，那些聲音，突然都沒有了。取代的是，各式各樣的口罩，一雙雙不同的眼睛，還有一車廂的安

靜。

是安靜嗎？還是人變更冷漠了？

在來來往往的人群中，只瞧見那一對對露在外面的雙眼，盯著彼此。

沒有表情，沒有言語。只有冷冷的眼睛，在這冷漠的城市裡。

　　這是我們所熟悉的城市嗎？有點不太認識一樣。

　　人們說，眼睛是靈魂之窗。

　　可是，在一雙雙無語眼眸裡，我看不見舞動的靈魂。

　　而那些靈魂，像是被囚禁的精靈，漠然著，在這不安的城市裡，安靜。

2003/05/19　4:00pm

櫻花雪

〔 星期日搭捷運有感。 〕

請假

昨天中午前突然覺得肚子不舒服，去了洗手間一趟，想說應該沒事。

吃中飯到一半，肚子居然又不對勁了，趕緊回公司，再次拜會洗手間。是怎麼了呢？

同事A說，「那我要趕快把口罩戴起來！」

嘩！不會吧？我應該沒……

＠＃％＃＆（＊肚子又在鬧了，真是討厭！我不想一直去洗手間哪！

告訴同事B我肚子痛，「什麼！你還是趕快回家吧！我們有點害怕……」

害怕什麼？我才害怕勒，我的肚子竟然在這個時候給我開party！

「你乾脆請假回家好了。」同事B把身體往後仰，好像我身上有什麼病毒一樣。

請假？嗯，好主意耶。可是，老闆……

「腹瀉也是SARS的症狀之一喔。」同事C說。

現在只要體溫超過37.5度，就自動回家隔離72小時。那我身體不舒服，回家休息很正常吧！

Oh No！肚子又在搞怪了，洗手間，我來了！

雖然肚子痛沒什麼，但是現在這種非常時期……想到前一天晚上跑去吃自助餐，心裡有點不安。

同事D說「我每天都拉肚子ㄚ。」一副那又沒什麼的語氣。

不管了，決定打電話給老闆，雖然他那時正在大飯店跟客人用餐……。

「我……下午想請假……」身為秘書的我，覺得拋棄老闆回家是件有點不負責任的事。

「為什麼，你怎麼了？」

「因為……我剛剛一直拉肚子……」我又不是故意的。

「唉喔～怎麼回事？那你趕快回家吧。」

老闆的那句「ㄅㄡ～」聽起來好像……你……是不是……嗯，算我想太多。

Oh Yeah！回家了！

平常上班都不見天日的我，今天可以見到陽光，實在是一件開心的事哪！

在公司2小時內跑了廁所3、4次，回到家好像就沒事了。

同事E說我「偷得浮生半日閒」。

嗯，沒錯，這是請假回家的好處之一。

下午順便又把家裡清理一便，嗯，時間比較多，這是請假回家的好處之二。感覺多了半天可以使用，真的很好耶。

請假回家的好處之三，可以攤在沙發上看電視，當couch potato。

請假回家的好處之四，可以隨心所欲的上網，沒有一天不得超過2小時的公司規定。

請假回家的好處之五，累了可以躺在床上，不用再對著電腦螢幕吸收輻射線。

請假回家的好處之六，嘴饞了就隨手拿起零食來吃，不像在公司時要注意形象。

晚上弟弟下班之後問我：「你今天怎麼那麼早回家？」

因為我下午請假ㄚ。

「那你以後多請一點假，好把家裡打掃一下～」

這臭小子，真是的。

嘿嘿，還有請假回家的好處之七，心情變的很輕鬆！

2003/05/21　12:58pm

櫻花雪

〔昨天下午休假有感。〕

胃痛

胃痛的時候，總讓我想起大學時的戀人。

他的溫柔體貼，把我當小孩子一樣的照顧，讓我只要躺在床上只要撒嬌被他照顧就好。他的柔情，使我後來即使遇到不同的男生卻怎麼也無法將他忘懷。

「胃痛是什麼感覺？」

居然還有人不知道什麼是胃痛！？

這讓從小就體弱多病的我，既羨慕又忌妒說這些話的人。

醫生說我有Helicobacter Pylori，俗稱幽門螺旋桿菌，此菌感染全世界約一半的成年人。

「治不好的話，有可能會造成胃癌喔！」4年前家庭醫生這樣告訴我。

什麼！？天曉得胃痛竟然會變的這麼嚴重。

胃痛的時候，有時甚至作悶想吐。有時，想吐卻吐不出來的感覺，就好像想哭卻沒有眼淚一樣，就像想被人疼卻只有自己一人……喔！不不不，是更糟！

就是痛嘛！那種站也不是坐也不是躺也不是的痛，只有胃痛的人才懂的痛。

廣告可以交換，日記可以交換，心情可以交換，禮物可以交換，那麼，胃呢？可不可以交換？

胃痛的時候，好想換一個胃。

胃痛的時候，覺得健健康康就好比什麼都來的重要。

胃隱隱作痛，想起戀人曾經餵我吃藥的情景。

「我媽媽不喜歡表哥的女友，因為她的胃不好。」記得戀人曾這樣說過。

　　塞了一顆胃乳片在嘴裡，嗯，胃痛依然存在。我還是去睡覺好了。

2003/5/26 10:33pm
櫻花雪

〔胃痛胡言亂語。〕

消失的瞬間

人的一生，應該會遇到很多讓你措手不及或是無法預料的事吧？

對於你在意的人，你上一次跟他／她說再見時，是什麼時候呢？

關於你在乎的事，你上一次盡心盡力的去完成時，是什麼時候？

至於你喜愛的物，你上一次愛不釋手的注視它時，是什麼時候？

如果，那些在你生命中的人、事、物，就突然的消失在你生命裡，你意識到什麼呢？

今天下班換好便服準備晚上和同學吃飯，弟弟打電話來告訴我一件事。我聽了嚇了一跳。不明白到底發生什麼事，不明白為什麼突然會發生這樣的事，不明白為什麼好好的，就這樣……

人世裡讓人震驚、訝異和愕然的事太多了。

你的生活裡，偶爾也會遇到這樣莫名其妙的事吧。下午的時候，我還訂了幾件Nautica的Polo衫，準備端午節給親戚們。結果，事情就這樣發生了。好像是夢，事前一點徵兆或蛛絲馬跡都沒有。

這是一個真實的世界。很多事你想抓住，可是很多事，你卻怎麼也抓不住。而一沒抓住的瞬間，它可能永遠消失在你眼前。

2003/05/30 11:34pm
櫻花雪

〔聽到表弟死亡事件有感。〕

好與壞

你一定有聽過：「男人越老越值錢，女人老了沒人要。」的這種鳥話。

我想，這搞不好是從哪個自大的沙文主義大男人，或是缺乏自我意識的沒自信小女人的口中製造出來的無聊話語吧？！

有時候，朋友們會感嘆身邊沒有好情人，偶爾噘起嘴巴埋怨遇上壞情人。可是即使有人熱心的介紹，在短暫交談或一頓晚餐後，彼此只是成為對方口中那個朋友的朋友那個人。是他或是你條件不好嗎？其實也不是，只是大家都不是對方心中的第一。也或許，彼此都不想輕舉妄動吧。

那你心中的第一在哪裡？你所謂的好對象要有怎樣的條件？在你列舉一些你要的情人特質，發現身邊並沒有出現你要的那種愛情。

你與我都當為過球場上的好球與壞球。

昨天收到3封不同朋友寄來同樣是王文華寫的「好男人都死到哪去了？」的轉呈信件。

也聽到老闆不知在跟誰聊到早上大老闆把這篇文章放在大秘書的桌上，要大家好好看看。

怎麼？怕我們蹉跎青春嗎？還是擔心我們成為球場上的冷板凳？

現在有人陪就是好嗎？

嗯，你不得不承認，有時候是的，城市都是寂寞人，可是常常壞男人傷了好女人的心，好男人被壞女人嚇壞了，好男人和好女人碰不到一起，即使偶然相遇，也許早已失去當初那為愛瘋狂的勇氣。

於是少了半顆心的男男女女，再也不想花心思去解那解不開

的愛情難題。

愛情是否是永恆的美麗？這問題跟答案很多人早已放棄。

單身與否就是界定你生活理想跟情慾品質的好壞嗎？

好與壞，愛情與生活的是非題。也許，好與壞裡，參雜著幸福與痛楚的秘密。

你的答案，是什麼？你的幸福理想生活因子，是好？還是壞？

2003/06/03　10:24am

櫻花雪

你要吃什麼？

「民以食為天。」這句話是千古不變的道理。

我們每天汲汲營營的上班，賺那一點小錢，為的是什麼？

還不是為了要糊口。

而吃，更是我們每天要做的一件事。

以前在加拿大總是會和媽媽一起看烹飪節目。

「What's for dinner？」這句話聽起來多麼令人開心。

一聽到這句話，表示累了一天終將可以休息一下吃頓美食佳餚。

可是，上了班，在辦公室內，每到中午時間常聽到的就是：「你要吃什麼？」

一開始聽到這句話，大家還會七嘴八舌的討論起來。

「肚子好餓，想吃可以飽一點的！」

「突然覺得蠻想吃湯麵。」

「我聽說路口新開了一家店……」

可是，公司附近不也就那麼幾條街，吃來吃去都差不多是那幾家店在輪來輪去。

於是，常常大家都杵在公司樓下大門口，然後一個問著一個：「你要吃什麼？」

「不知道。」

「我都可以。」

「你們先想一下，我先去上個廁所。」

「換你想了，昨天是我決定的。」

就這樣，常常大家你一言我一語的，嘰哩咕嚕了半天還是沒想到要去哪裡吃。

「你要吃什麼？」回答這句話真有那麼難嗎？

是不是大家都不想成為做決定的那個人？因為不想負責任？
因為不想因為選的不好吃而被大家嫌棄？

看著時間一分一秒的流逝，午餐時間也才一個小時而已。

「你們要吃什麼？」

「隨便！」

好吧！總得有人開口吧！

「那我們去吃後面巷子的那家麵。」

「啊？那家店很熱，都沒有冷氣。」

「不然去吃豬腳飯那家，很有名喔！」

「可是排隊要排很久耶~」

「那對面那家簡餐店如何？」

「不要，那好貴喔！」

真是圈圈叉叉〔以下消音……〕，當初是誰說隨便都可以
的。現在意見那麼多，說什麼吃什麼都可以，心裡明明有所選
擇，幹麻不說出來。還說什麼隨便，到底是隨誰的便！

「邊走邊想好了。」

「往哪一邊丫？」

「哎喲，很煩耶！」

「就吃這家吧……」

於是，總要在筋疲力盡後，或是耐性失去後，才會有個結論
決定出現要吃什麼。

現在，我都跟坐我後面的妹妹同事〔不也才小我2歲？〕一
起吃中飯。

她像鄰家小女孩，不喜歡做決定，都說我做主就好。只要午
餐錢不超過元，她都沒有意見可以配合。

一個人的午餐有點孤單，兩個人的午餐可以交談，三人以上
的午餐稍嫌麻煩。

原來，吃午餐學問跟愛情的道理差不多。

中午了，你要吃什麼？

別問我，這周坐我後面的同事值班，我決定一個人去逛何嘉仁書局，隨便吃個輕食即可。）

2003/07/07　12:02PM

櫻花雪

〔午餐時間有感。〕

台北女生

收到同事轉寄來的一篇文章，關於台北的女生，內容提到女生太挑，挑到最後恐怕找不到自己的白馬王子而大嘆找不到對象。

什麼跟什麼嘛！又要說台北的女生怎樣，啊是怎樣？台中台南高雄的女生就不會挑剔喔？她們就像童話故事裡說的一樣過著幸福快樂的生活嗎？

我想起之前曾交往過的男生說：「我不是很喜歡台北女生！」

那我勒？不喜歡台北女生幹麻來喜歡我？

我也想起去麵店吃東西時老闆跟老闆娘對我說：「你不像台北女生。」

那我像鄉下來的嗎？台北女生要有怎樣的感覺？

台北這個小小城市裡，每天上演著不同戲碼：人人看起來很忙，但個個都有點迷惘。台北城人來人往，車水馬龍空氣烏黑；身邊人帶著假面，心情不好碎碎念。這是我們存在的點線面。

不過是住在這個叫台北的擁擠都市，每天生活很累，常常工作很晚，然後就要被貼上愛逛街、勢力眼、大小姐、無法吃苦、愛花錢享受等的台北標籤。

台北人就是這樣嗎？

可是我不愛買衣服愛逛書店、爸媽不在身邊我得當弟弟們的傭人、我溫柔感情豐沛不逛夜店、早睡早起偶爾從夢中驚醒、喜歡看電影而且會因感嘆而哭泣……剛好我住在台北，而且我是女生。

欸～不知你有沒有發現，今天的天空很台北。

2003/07/17 11:02am
櫻花雪

〔呼吸著台北的空氣有感。〕

心情溫度計

台北氣溫預測28～35度，不知會否有午後短暫雷陣雨。

我在這裡想著，今天的天氣放晴。

氣候可以用溫度計測量，體溫可以用溫度計測量，那每天的情緒呢？是否也可以用溫度來衡量？

星期一症候群，不想上班的憂鬱是零下57度。

去北美館看展覽，知性氣質上揚至28度半。

想念一個人的思緒，開始沸騰221度。

四個女生的麻辣對話，興奮度是99度。

看恐怖片的緊張心情，尖叫指數86度。

男友手指滑過肌膚的觸感，親密度333度。

跟另一半分手的心冷感覺，持續下降負152度。

情人說要我乖乖，想像他從背後抱我的溫度約40度。

不清不楚的某段感情，冷冷淡淡的-3度。

晚上幫姊妹開解的電話，嘰哩瓜啦熱度大概27度。

老闆不在的上班天，輕鬆溫和的24度。

工作無力感97度；跟好友分享好書26度。

友人談起負心漢的苦笑與不甘：天旋地轉360度。

今晚火星大接近，天空多采多姿有175度。

剛剛量了耳溫，人體暖爐是37度。

你呢？量了嗎？今天的心情是幾度？

2003/08/27　2:52pm

櫻花雪

〔早上看見藍藍的天有好心情，想到上班卻很沒趣。〕

不想上班的喃喃自語

週末了，終於要休假了，可是不知為什麼精神變得沒有力氣。難道是一整個禮拜的心思都花了一大半嗎？

整個下午渾渾噩噩的，不知不覺就已經要到了下班時間。

好累喔～上班。

好累喔～沒力氣。

好累喔～虛度光陰。

左鄰右舍的同事們，手頭上似乎都還有工作。有的交頭接耳，有的盯著螢幕，有的談論公事，有的忙著交報告。

窗外透進來的微弱光線，告訴我已經傍晚了。

看著時鐘上的數字，嗯，再過半小時我就要給它下班。〔每次都這麼說，可是每到最後時候總是又冒出一些雜七雜八的事情。〕

我想等老闆開完會回辦公室也都要9點了吧？

想想大家都忙碌著，我卻感到心有餘而力不足。唉～無力感。

每個人要的都不同吧。每個人選擇的生活方式也不同。有時候看著別人工作有成就抱負或者生活有理想，我還不知道自己在蹉跎什麼。有時候無心工作，只好寄情文字。呵呵～好像很糟糕。

嗯，不管了，今天是週末耶。要去換便服了。晚上要跟同學去China Pa吃飯。

祝大家週末愉快啦！

2003/10/31 5:26pm
櫻花雪

〔不想上班的胡言亂語。〕

文字的魔力感覺

文字、書籍、音樂、藝術、美食……每個人擷取的養分不一樣。

有些人看重聲音，有些人注意觸覺，有的人需要味蕾的刺激，有的人期待視線的衝擊。

而文字對於我來說，很重要。

應該說，文字對於我有一種特殊的魔力。

很多朋友心情不好的時候，聽聽音樂就會心情愉悅。但是，似乎文字可以平撫我的心靈，讓我的心靜下來。

來到明日報，發現很多台長也都是藉由文字抒發心情。有些以日記寫心，有些創作小說，有的隨手寫抒情散文，有的隨時說心裡秘密。

不管是靈感的、創意的、即時的、還是內心的……果真，文字有種魔力，也像股潮流，讓人閱、讀、書、寫上了癮。

說不出的話，可以用文字說出來。噁心肉麻的話說不出口，用文字轉化成動人詩篇。

說不出的苦，可以用文字寫下來。一時無法表達的情緒，轉化洋洋灑灑的俐落字語。

水能載舟，亦能覆舟。

同樣的，文字讓人親近，有時也會讓人對立。

現在網路空間開放，言論自由大不同。你說出來的話或寫出來的文字，看在不同人的眼底，可能都是不同感受。

或許你的一個文字片語就能觸碰到讀者的心，也或許小小的一段話讓深有同感的人感同身受。

敏感的人有著敏感的心，但每個人的敏感度跟敏感帶都不同。別人的反應或許\就是你的痛處，於是對立紛爭謠言就此開

始。

　　不論如何，文字也是一種溝通的方式。

　　或覺得自己在某些時候某些場合有失語症，我想對文字和書籍的迷戀，是從很小就開始的。

　　這或許也是因為心裡某一層面的、難以表達的、焦慮的、期待的情感與思緒彌補吧。

　　文字與文字的交集，拉近了書寫者與閱讀者的距離。

　　文字的力量，不能忽視。

　　魔力，讓人眩迷。

　　文字的魔力感覺，在你我他之間，放送、交流。

2003/11/05 1:32pm

櫻花雪

〔沒有結構性的自說自話。〕

美味與喧鬧的拔河

小週末前的晚上，飢腸轆轆的身軀，欲逃離煩躁的心情，與朋友相約吃燒肉去！

話說四個女生的相聚，我們選擇了頗享盛名的人氣燒肉店。

「Irasshai！」

「請問是第一次來乾杯嗎？」

「我幫你介紹一下消費方式。」

沸騰的夜、騷動的喧嘩、油滋滋的烤肉、熱滾滾的呼喊聲……不一會兒，滿屋子的香味四溢，美味撲鼻。

「噹噹噹！」

「歡迎來到乾杯的朋友，將你手邊的飲料舉起！」

「乾杯！」

店家的例行的「乾杯活動」：每天晚上8點一到，一年365天的每天晚上8點整，只要一口氣，將手中的飲料或啤酒咕嚕咕嚕的喝完，就能免費享用再來一杯。

另一個優惠活動是「親親牛五花」。「如果你敢Kiss，就能得到一盤免費的上等五花肉。」男親女，女親男，女女或是男男都可，只要你敢親，燒肉給你吃。於是一對情侶在眾人的鼓譟與掌聲下，完成熱吻並得到一盤free meat。

肚子餓得咕咕叫的我們，除了嘰哩呱啦的七嘴八舌之外，當然也沒忘記眼前的美食好料。

店內有名的招牌菜如，我最愛的鹽蔥牛舌、很香的蒜味牛肋條、高級感的奶油菲力、最受歡迎的上等牛五花、鮮嫩的鹽蔥雞腿肉、肉汁滿滿的豬五花，還有奶油金針菇、綜合海鮮盤等，全都被我們下了肚。因為實在太餓了覺得吃不夠，我們還點了雞肉焗烤飯和辣味牛肉泡飯。不錯唷！

　　草莓沙瓦感覺浪漫、梅酒沙瓦讓人沉醉、可爾必思沙瓦很甜蜜、葡萄沙瓦很香醇；四個女生喝著有小小酒精的飲料，開心的笑著、鬧著⋯⋯

　　舒服的秋，微醺的夜，熱鬧的店，親切有趣的店經理，讓人蠢蠢欲動的炭火燒肉⋯⋯

　　Umai！

　　「Irasshaimasei」持續著。我們帶著飽漲的肚子與滿足的口慾踏上回家的路。

　　「KanPai！」美味與喧鬧的拔河。

　　Uami！乾杯！下次再來。

　　以上。謝謝光臨。

2003/11/07　11:52am
櫻花雪

〔乾杯三店 – KanPai Yakiniku Restaurant實況轉播。〕

想念的味道

是不是天冷了，思緒就會胡思亂想？讓人覺得比較需要關懷跟問候？

寂寞的時候，特別容易讓人想起溫暖的情誼。

昨晚一回家，就看見坐在房門口的包裹箱，是T從渥太華寄來的。

打開一看，她送我的禮物是一個Tommy Hilfger的手提包，還有她每次去紐約時收集的明信片。

收到包裹的時候，雖然已經晚了我生日一個月了，但是那歷久彌新的友誼，讓我感動久久，熱淚盈眶。

還記得以前總愛相約出遊，乘坐T的跑車兜風，笑談未來人生。

畢業已經四年多了，距離上次跟T的通話也是一年多以前，久久一次的聯絡，還是保有小小的熱情。

有了一顆相知相惜的心，讓你知道，我們不是一個人。

最近，總是想起生命中經過的風景。

那些填滿我日子的人、事、物，緩緩的在我腦海中，盤旋徘徊。

不由來的想起M，不會忘記第一次在清晨去淡水散步的情形。

Y送我親手編的圍巾，溫暖了我的心田。

J寄來的拼圖卡，有著可愛的祝福。

想起B，和她交換的小紙條跟信件，陪伴了我青澀的歲月。她的細膩、她的天真，總是讓人不由自主想疼惜。

記得跟A去喝珍珠奶茶，和L去拍大頭貼，還有D的心事開解。

　　最難忘懷的W，還有總是疼我的C，以及S的親切跟H的體貼。

　　E的關心，F的了解和R的貼心⋯⋯我也放在心裡。

　　所有的一切，仍是那麼美妙。

　　無言的想念，有情的相思。回憶的溫暖，讓我們不是孤獨的一個人。

　　隨著回憶的遙想，我心中舞起了美麗的音符。

　　世界上，總是有永遠的思念，而那思念的味道，可口甜美。

　　過去很遠，也很近。想念的味道在心裡纏繞，久久不能散去。

2003/12/04　4:36pm

櫻花雪

〔別把心藏起來。〕

米食好滋味

中國四大發明為指南針、印刷術、火藥及造紙術。那中式四大主食就為粥、粉、麵、飯！而我最愛的就是米食類了！

我是很愛吃米食的人，可是我有幾個女朋友就說她們不愛吃米飯。對於我而言，每一餐如果沒有吃到米食，就感覺沒吃飽一樣。那一粒粒的米香迎人和晶瑩飽滿的圓潤，真是可愛迷人哩！

生病不舒服時，來上一鍋媽咪的愛心排骨糙米粥，醇美可口的排骨搭配健康的糙米～嗯，舒服！

肚子餓的時候，吃上一缽港式的臘味雙拼煲仔飯，亮澤逼人的醬汁加上美味的臘腸～哇，幸福！

冷颼颼的天氣，呷上一碗台式的有家鄉味的鹹粥，鮮美豐富的配料拌熱騰騰的湯頭～耶，滿足！

想吃清淡口味，叫個一盤日式的清爽動人加州捲，精緻的料理手法還有香滑的酪梨～喔，美味！

不管是香鮮濃烈的中式熱炒配上一大碗的香Q米飯，或是在寒冷的天氣裡痛快的喝上一碗暖呼呼的粥— 都讓人覺得精神抖擻呢！

能吃上一碗飽滿有嚼勁的好米飯，總能讓我有飽足感跟回味不已……

2003/12/19 2:32pm

櫻花雪

〔說著說著又餓了起來，突然想吃口豬油拌飯哩！:p
要吃飽才有力氣幹活，對吧！〕

優雅的一餐

　　每一國的料理都各有特色，如果說美式料理像豪邁的傻大姊、日式料理如含蓄的大小姐、台式料理若親切的鄰家女，那法式料理就是高雅的貴婦人。

　　悠閒的周日夜，和友人相約吃法國菜。

　　輕柔的音樂，昏暗的燈光。果然燈光美氣氛佳的用餐環境增添了幾分情趣。

　　高雅的裝潢，華麗的一餐。法式饗宴上場了。

　　烤法國麵包佐以牛油／蘋果醬
　　牛尾濃湯／海鮮濃湯
　　燻肉蘋果洋蔥沙拉佐淡咖哩汁
　　蒜香紅酒燴田螺
　　煎深海圓鱈佐百香果奶油汁
　　鵝肝醬釀法國春雞佐紅酒汁
　　新鮮柳橙汁
　　法式紅酒燉蜜梨

　　愉悅的美味，親切的態度。溫柔的桌邊服務還不錯。

　　甜滑的口感，濃郁的香味。受歡迎的人氣菜讓人微笑。

　　飽足口慾後昏昏欲睡。
　　是幸福的睡著還是不滿足的睡著？

2003/12/29 1:38pm

櫻花雪

〔 榭庭園法式創意美食 〕

下雨天的碎碎唸

還是一直下著雨。

濕冷的空氣，讓人不打囉唆也難。

連續幾天的下雨，讓相機沒有發揮的餘地，也冰凍了人們想出門的好心情。

濕淋淋的鬼天氣，只讓我想到雨天的冷清、稀少的人潮、討厭的濕褲管和一地的污水。

下雨天如果不出門，除非就是窩在被子裡，或是待在客廳拿著遙控器看一整天的電視。

不得不出門的時候，美麗的白靴跟新衣服就必須在家裡等了；牛仔褲跟舊球鞋，通常是我雨天外出的裝扮。

下雨的週末，你都如何打發呢？

昨天我待在漫畫閣裡，隨意的翻閱著雜誌跟漫畫，就這樣從下午二點多直到晚上八點。

去看書上網的人還真不少，原來大家都在混時間喔。

二月的雨，一點都沒有雨天的浪漫。

天空陰陰的，太陽躲起來了，午後涼了點的溫度下，雨兒淅瀝嘩啦的在街中舞著。

這場雨，到底要下多久？

2004/2/9 11:49am

櫻花雪

〔下雨天的隨意說。你喜歡下雨天嗎？〕

愛得認真，活得精采

星期四晚上和F去看了電影《20 30 40》。電影還不錯，蠻引人省思。不過我覺得這部片比較適合女生去看。

坐在我們隔壁的兩個女生，一直笑得很大聲。坐在我們前排跟後排的男生，對我們這排的笑聲好像不以為然。

在《20 30 40》裡，20歲的潔跟童欲一圓歌星的夢、30歲的想想希望被愛卻感情不固定、40歲的Lily因為老公外遇而離婚。

女人的心事與心情在電影裡被描寫得很清析寫實：人生是變動的、人際是複雜的、人心是寂寞的。

身邊的人來了又走，愛情得到了又失去了，希望開始了又幻滅了；不管是在哪一個年齡層，你都得去面對跟思考。

20歲的時期—敏感。青春正開始，開心尋夢去。

30歲的時期—搖擺。想要找安定，尋求穩定源。

40歲的時期—堅強。誰都不可靠，找尋真自己。

電影中的情節，道出女人的心。那現實裡呢？是不是也是一樣？

女人渴愛，那男人呢？

女人到了一個年紀，掙扎包袱多了，選擇卻少了。男人過了一個年紀，機會變得大了，選擇也多了。

這是真的嗎？

不管是在情場上追逐還是商場上對抗，一個人會孤單，倆個人要遷就。不管是男人還是女人，從來都沒有誰是只有快樂沒有痛苦的。

或許，很多人事物或是宿命還是選擇，沒有百分百完美，沒有唯一絕對，也不見得會從一而終，但只要找到自己的路，開開心心的勇敢向前走，就是精采的生活。

生活長路漫漫，要愛得認真，也要活得精采。
作自己想做的事吧！

2004/03/26 4:51pm

櫻花雪

〔渴愛，也要可愛。〕

關於友誼的隨想

上班的早上，有些許星期一症候群，很多人眼睛盯著電腦看，心卻不想上班。然而，我想到的，卻是小玉在聚會裡不說話的游離神情。

有聚會的時候我總是會把小玉算入一份。我其實會懷疑小玉根本不喜歡參加我們的聚會，尤其是每當看到在大家說著話而她的眼皮卻快閉上的時候，或是她自己在一旁發呆的時候。她是覺得我們的對話很無聊嗎？還是只是習慣於自己的獨處？她跟別人聚會的時候，應該不是這樣子的吧？

我一個人想著，可是我也猜不透她的思緒。畢竟，我不是小玉。

人與人之間的友誼，或許多少都跟她的環境、她的個性，以及彼此之間的友好程度有著密切關係。而兩個人之間的交集，造成了你與不同背景的人彼此的情誼。那麼，我跟小玉的友誼指數，到底是多少？雖然我說我們是好朋友，但是她對於我這樣的定義有什麼看法？雖然她說我們是好朋友，但是搞不好她只把我定位在淺薄的交誼。

我突然想起小玉之前問過我的話，「你怎麼定義你跟別人之間的友誼呢？」現在，似乎變成是我，對於我們之間，有了疑惑。

或許，每當我嘴裡唸著她的生活習慣或是跟她說她應該要怎樣怎樣的，她會不會正在心裡偷笑著我的自以為是？雖然，朋友相交不能勉強，反正到頭來是朋友的還是朋友，不是朋友的也不是朋友。有些人雖然妳每天看卻都不會是你的朋友，而有些人雖然很少聯絡但就會是你喜歡的朋友。

不知道為什麼，我突然對我跟小玉的友誼有了那麼點不確

定。也許，我根本不是她想要可以交心的好朋友。

　　想著小玉在聚會裡獨自喃喃唱著歌的神情，我不曉得是她對我們無法信任，還是只是在聚會裡迷了路。但我可以知道的是，我對於她的友情，不是被動的。至少，對我而言。

　　台北的天空，有著星期一的灰暗。然而，模糊的是上班的心情，還是聚會裡的友誼？

❋　　　❋　　✿

　　中午還沒消化完的菜餚，還在肚子裡飽漲著。然後收到小玉來的信函，看她訴說著她先前作的夢境和解釋著好朋友的定義，我想，我應該有在她好友的層次裡的。

　　一早灰濛濛的天，忽然有了些許的亮度。

2004/03/29　3:07pm
櫻花雪

〔 友誼如水，看似平凡無味，卻不可缺。 〕

後記

味道，是一種記憶。

你的記憶，充滿著什麼樣的味道？甜蜜的、痛楚的、酸澀的？
是充滿後勁的香味？還是食之無味的感覺？

去年4月決定在新聞台上寫下自己的心情點滴，這也是我這本
書文章的由來。

我一點一點的，回味著屬於我的經歷，記錄了我的心情。
關於生活、關於愛情、關於工作、關於朋友、關於心情，每
一篇都充滿我的記憶。

每一段記憶，都是一種品味，也充滿不同的味道。
每一段回憶，都有我的想念，不管是在戀愛、工作上，還是
交友上。

而這些想念的味道，填滿我的人生，佔據我的心頭，久久纏
繞，如此完美……

2004/05/18　10:09am
櫻花雪

國家圖書館出版品預行編目

想念的味道 / 櫻花雪作. -- 一版
臺北市：秀威資訊科技, 2004 [民 93]
面；　公分. --　參考書目：面
ISBN　978-986-7614-32-2（平裝）

848.6　　　　　　　　　　　93011306

語言文學類　PG0018

想念的味道

作　　者 / 櫻花雪
發 行 人 / 宋政坤
執行編輯 / 李坤城
圖文排版 / 張慧雯
封面設計 / 莊芯媚
數位轉譯 / 徐真玉　沈裕閔
圖書銷售 / 林怡君
網路服務 / 徐國晉
出版印製 / 秀威資訊科技股份有限公司
　　　　　台北市內湖區瑞光路 583 巷 25 號 1 樓
　　　　　電話：02-2657-9211　　　　傳真：02-2657-9106
　　　　　E-mail：service@showwe.com.tw
經 銷 商 / 紅螞蟻圖書有限公司
　　　　　台北市內湖區舊宗路二段 121 巷 28、32 號 4 樓
　　　　　電話：02-2795-3656　　　　傳真：02-2795-4100
　　　　　http://www.e-redant.com

2006 年 7 月 BOD 再刷
定價：220 元

讀 者 回 函 卡

感謝您購買本書，為提升服務品質，煩請填寫以下問卷，收到您的寶貴意見後，我們會仔細收藏記錄並回贈紀念品，謝謝！

1. 您購買的書名：＿＿＿＿＿＿＿＿＿＿＿＿＿＿＿＿＿＿

2. 您從何得知本書的消息？

　　□網路書店　□部落格　□資料庫搜尋　□書訊　□電子報　□書店

　　□平面媒體　□ 朋友推薦　□網站推薦　□其他＿＿＿＿＿＿

3. 您對本書的評價：(請填代號　1.非常滿意 2.滿意 3.尚可 4.再改進)

　　封面設計＿＿＿　版面編排＿＿＿　內容＿＿＿　文/譯筆＿＿＿　價格＿＿＿

4. 讀完書後您覺得：

　　□很有收獲　□有收獲　□收獲不多　□沒收獲

5. 您會推薦本書給朋友嗎？

　　□會　□不會，為什麼？＿＿＿＿＿＿＿＿＿＿＿＿＿＿＿＿

6. 其他寶貴的意見：＿＿＿＿＿＿＿＿＿＿＿＿＿＿＿＿＿＿

＿＿＿＿＿＿＿＿＿＿＿＿＿＿＿＿＿＿＿＿＿＿＿＿＿＿＿＿＿

＿＿＿＿＿＿＿＿＿＿＿＿＿＿＿＿＿＿＿＿＿＿＿＿＿＿＿＿＿

＿＿＿＿＿＿＿＿＿＿＿＿＿＿＿＿＿＿＿＿＿＿＿＿＿＿＿＿＿

讀者基本資料

姓名：＿＿＿＿＿＿＿＿＿＿　年齡：＿＿＿＿　性別：□女 □男

聯絡電話：＿＿＿＿＿＿＿＿　E-mail：＿＿＿＿＿＿＿＿＿＿

地址：＿＿＿＿＿＿＿＿＿＿＿＿＿＿＿＿＿＿＿＿＿＿＿＿＿

學歷：□高中(含)以下　　□高中　　□專科學校　　□大學

　　　□研究所(含)以上 □其他＿＿＿＿＿＿＿＿

職業：□製造業 □金融業 □資訊業 □軍警 □傳播業 □自由業

　　　□服務業 □公務員 □教職　□學生 □其他＿＿＿＿＿＿

秀威與 BOD

BOD（Books On Demand）是數位出版的大趨勢，秀威資訊率先運用 POD 數位印刷設備來生產書籍，並提供作者全程數位出版服務，致使書籍產銷零庫存，知識傳承不絕版，目前已開闢以下書系：

一、BOD 學術著作—專業論述的閱讀延伸
二、BOD 個人著作—分享生命的心路歷程
三、BOD 旅遊著作—個人深度旅遊文學創作
四、BOD 大陸學者—大陸專業學者學術出版
五、POD 獨家經銷—數位產製的代發行書籍

BOD 秀威網路書店：www.showwe.com.tw
政府出版品網路書店：www.govbooks.com.tw

　　永不絕版的故事・自己寫・永不休止的音符・自己唱